달의 바다

PLAY

달의 바다

정한아 장편소설

문학동네

차례

1997. 1. 17.

꿈꿔왔던 것에 가까이 가본 적 있어요? 그건 사실 끔찍하리만치 실망스러운 일이에요. 희미하게 반짝거렸던 것들이 눈앞에 다가올수록 주름과 악취로 번들거리면서 또렷해진다면 누군들 절망하지 않겠어요. 세상은 언제나 내가 그린 그림보다 멋이 떨어지죠. 현실이 기대와 다르다는 것을 일찍 인정하지 않으면 사는 것은 상처의 연속일 거예요. 나중엔 그 꿈을 떠올리기만 해도 머쓱해지고 말걸요.

어려서부터 저는 싫증을 잘 내는 타입이었어요. 밥을 먹을 때 반찬을 집어서 입에 가져오면 그 순간 이미 싫증이 날 정도였죠. 어린애들의 유치한 세계에 일찌감치 흥미를 잃은 저는 조바심을 내면서 어른이 되기를 기다렸어요. 시간은 생각보다 빨리 흘러서 저는 곧 어림짐작으로 넘겨짚었던 것들, 립스틱과 데이트, 키스, 남자들, 직장생활 따위의 실체를 겪었는데, 서른이 되었을 즈음엔 그 전부에 염증을 느꼈어요. 정말이지 기대와 같은 건 단 하나도 없더군요.

하지만 제 첫 비행은 달랐어요. 꿈꿔왔던 것에서 조금도 모자라지 않았죠. 그건 생각보다 더 깊고, 포근하고, 부드러웠어요.

비행을 떠나기 전날 저는 한숨도 자지 못했어요. 아침에는 헛구역질까지 밀려와서 한 걸음도 걸어나갈 수 없었죠. 룸메이트인 레이철이 오렌지 셔벗을 갖다주었어요. 그건 규정에 어긋나는 음식이었지만—당 수치가 올라가면 무중력 상태에서 멀미가 빨리 오거든요—어쨌든 그땐 목에 돋은 핏줄까지 두근거리고 있었기 때문에 숨도 쉬지 않고 셔벗을 삼켰어요. 차가운 과즙이 빈속을 타고 내려가서 울렁거림을 달래주었죠.

대기권을 뚫고 나갈 연료로 가득찬 우주선의 맨 꼭대기에 앉아 있으면 머릿속이 새하얘져요. 우주로 가는 길의 통로에는 늘 죽음이 매복하고 있고, 누구든 한번 목덜미를 잡히면 다시는 돌아올 수가 없죠. 점화가 시작되자 발끝에서부터 진동을 느낄 수 있었어요. 파트너인 알리는 주기도문을 중얼거리고 있었죠. 나라와 권세와 영광이 아버지께…… 그 모든 것은 우리 뒤편에 남겨질 것들이었어요. 그렇게 우리는 흑암으로, 영원으로 날아갈 채비를 마쳤죠.

관리자가 카운트다운을 하는 동안 저는 그의 손가락 아래에 있을 빨간색 버튼을 떠올렸어요. 플라스틱으로 된, 동그랗고 새빨간 버튼. 다리를 접은 발사 자세를 취하고 있던 저는 순식간에 하늘로 튀어올라갔어요. 우주선이 출발할 때는 어떤 기분일까 늘 궁금했는데 표면이 엉망인 선로 위를 달리는 낡은 화물열차에 탄 것 같은 느낌이더군요. 온몸이 정신없이 흔들리고 또 흔들렸어요. 저는 부질없는 짓인 줄 알면서도 가슴 앞에서 두 손을 맞잡았어요.

우리가 공식적으로 지구를 탈출하는 데 걸린 시간은 십일분이었어요. 우주선은 하늘로 던져올려진 공처럼 움직였죠. 제가 중력수치와 고도를 계산하는 동안 알리는 속도를 높이며 궤도를 수정했어요. 선회를 시작하자 목이 꺾일 것 같던 흔들림이 멈췄고 호흡을 하기도 한결 편안해졌죠. 무중력상태는 훈련했던 것보다 힘들지 않았어요. 몸의 아래쪽이 가벼워지고 대신 위쪽이 묵직해지면서 가벼운 현기증이 일었죠.

"첫 비행인가?"

우주선이 안정적으로 움직이기 시작하자, 내내 말이 없던 알리가 저를 바라보며 물었어요.

"네."

그와 함께 좁은 좌석에 앉은 저는 잔뜩 긴장해서 고개를 끄덕였어요.

"그럼 우선 좀 즐겨."

알리는 통제실에 상황 보고를 하면서 김이 서린 유리창을 거즈로 닦아주었어요. 저는 그의 손짓을 따라 고개를 돌려 창밖을 바라보았는데, 아— 상상할 수 있으세요? 창문 너머로 보이는 지구를?

지구는 파란색과 하얀색이 뒤섞인 아름다운 구슬 같았어요. 아니면 한입에 쏙 들어오는 알사탕. 제 눈으로 보면서도 믿어지지 않는 풍경이었죠. 저는 소리 없이 눈을 깜빡이며, 저 알사탕 안에 있을 점보다 작은 제 생의 흔적들을 찾아보았어요. 글쎄, 그건 졸렬이라고밖에 말할 수 없더군요. 알사탕 안에서 일어나는 모든 인간사, 말이에요.

"굉장하지?"

알리는 선배답게 조금 뻐기면서 말했어요. 정신이 다른 데 팔린 저는 한국어로 응, 이라고 대답했죠.

이번 비행의 목적은 지구 궤도에서 달 궤도로 들어갔다가 귀환하는 것이었어요. 새로운 우주선의 성능을 시험하는 일이었죠. 천문학적인 액수가 들어간 궤도시험 임무에 투입되는 것을 바라지 않는 비행사는 단 한 명도 없었어요. 저 역시 이번 비행에 발끝이라도 담그기 위해 제가 할 수 있는 모든 일을 다 했죠. 평생 지구에서 한 번도 벗어나보지 못하고 죽는 우주비행사가 더 많다는 사실을 아세요? 우주선 탑승을 놓고 벌이는 비행사들의 경쟁은 실로 엄청나게 치열하죠. 오죽하면 훈련소 화장실마다 '비행사는 넘쳐난다'는 낙서가 있겠어요.

시간이 지나자 우주선의 태양 쪽 표면은 뜨거워지고 반대쪽에는 서리가 얼기 시작했어요. 우리는 조심스럽게 우주선 선체를 돌리면서 이동했죠. 꼬치에 끼워 굽는 바비큐처럼 말이에요. 선체가 돌아갈 때마다 창문에 붙어 있던 서리들이 떨어져나가서 흩어졌어요. 반짝거리는 게 꼭 불꽃놀이를 보는 것 같았죠.

열세 번의 궤도 회전을 마친 우주선은 달의 궤도 안쪽으로 들어갔어요. 알리는 우주선을 좌측으로 기울이면서 공중에 동전을 하나 띄웠어요. 그걸 딸에게 가져다줄 거라고 했죠. 우주의 정기를 받은 기념품으로요. 저에게도 기념품을 챙겨주고 싶은 사람들이 있었지만 애써 그런 생각은 하지 않으려고 했어요. 마음이 약해질까봐요. 지구에서 멀어질수록 저는 불안했고 또 자유로워졌어요.

일주일간의 궤도비행이 막바지에 접어들었을 때 저는 깨달았죠. 아무리 오랫동안 이 일을 하더라도 결코 질리거나 싫증이 날 리는 없을 거라는 걸요. 비행을 마치고 지구로 돌아올 땐 섭섭해서 눈물이 날 정도였어요. 상공에서 낙하산이 펴졌을 때도 안도감이 들지 않더군요. 저는 다시 그곳으로 가고 싶었어요. 지구가 알사탕만하게 보이는 곳으로. 그러니까 제 잘못이나 슬픔도 알사탕의 티끌로 보이는 곳으로요. 엄마, 저는 그 모든 순간을 즐겼고 조금도 후회하지 않았어요. 이걸 위해서 희생했던 것들, 제가 저지른 실수와 오류들 말이에요. 사는 게 선택의 문제라면 저는 제 손에 있는 것만 바라보고 싶거든요.

리스트

소리 없이 가장 빠르게 죽는 방법은 뭘까. 죽은듯 바닥에 누워 있던 나는 바지 뒷주머니에 꽂아둔 수첩을 꺼냈다. 누운 채로 글씨를 쓰기가 쉽지 않았다.

1. 목을 맨다 — 줄과 의자, 탄탄한 천장이 필요하다. 의자를 딛고 올라서서 아래를 내려다보며 안녕. 제법 비장하다. 그렇지만 할머니나 할아버지가 방문을 열었을 때 대롱대롱 흔들리는 내 다리와 파랗게 질린 얼굴을 마주한다면…… 심장 약한 노인네들까지 한꺼번에 줄초상 치르기 십상이다. 처녀가 자살해 죽었다고 집값도 떨어질 텐데 그건 아무래도 엄마에게 못할 짓이다.

2. 손목을 긋는다 — 힘을 잘 조절해서 정확하게 혈관을 잘라내는 게 관건이다. 제대로 끊어내지 못하면 고통이 대단할 테고, 어떻게 성공하더라도 심장이 멈출 때까지 손목에서 피가 솟구칠 텐데 아무래도 그게 민폐다. 시뻘건 핏방울이 벽지에도 튀고, 책상에도 튀고, 얼마 전에 바꾼 장판 곳곳에도 튈 것이다. 그리고 얼굴에도. 마지막 가는 길에 공포까지 남기고 싶진 않다.

3. 고속도로에 뛰어든다 — 머리가 짓찧은 마늘처럼 될 텐데. 패스.

4. 약을 먹는다 — 치사량의 감기약은 수면제보다 효과가 좋다. 잠든 중에 심장 쇼크로 가는 것이다. 고통이 적다. 깊은 잠에 빠져 이 세상을 벗어날 수 있다. 누가 보기에 모양새도 험하지 않다.

누워서 한참 노트를 보던 나는 겉옷을 챙겨 입고 주춤주춤 방을 나섰다. 현관문을 열고 나가는 동안 아무도 내게 말을 걸지 않았다. 마루에 앉아 신문을 읽고 있던 할아버지가 나를 흘긋 쳐다봤을 뿐이었다.

방안에서 꼼짝도 하지 않은 건 전날부터였다. 어제 정오 무렵 빠끔히 방문을 열었던 엄마는 말없이 다시 문을 닫았다.

"안 된 것 같아요."

"아니, 또?"

엄마가 속삭이자 할아버지가 버럭 소리를 질렀다. 누군가 입을 막아버렸는지 다음 말은 우웅웅, 잘 들리지 않았다. 방바닥에 누운 나는 공중에 손을 펼쳐보았다. 때 낀 손톱이 엄청 길게 자라 있었다.

합격자 명단은 단정하고 반듯하게 정렬되어서 한눈에 들어왔다. 나는 합격자 중 나와 같은 성을 가진 사람이 몇 명이나 되나 세어보았다. 간혹 아는 이름도 눈에 띄었다. 우울한가 하면 그렇지도 않고 화가 나는가 하면 그렇지도 않았다. 온종일 누워서 라디오를 들었다. 사람들의 말과 웃음소리, 시끄러운 음악이 나를 통과해 지나가는 것 같았다. 드문드문 잠이 들었다 깼다. 창밖을 보니 하루가 지나 있었다. 어디선가 쉰내가 나는 것 같았다. 옷을 갈아입으려고 몸을 일으켰을 때 머리카락 몇 올이 스르륵 바닥으로 떨어졌다.

거울 앞에 다가간 나는 군데군데 비어 있는 정수리를 바라보았다. 지난해부터 눈에 띄게 빠지기 시작한 머리카락은 이제 손에 쥐어도 한 줌이 되지 않았다. 나는 무표정하게 그 휑멀건 공터를 바라보았다. 한때 내가 목표로 여겼던 삶의 지점들은 이제 알아볼 수도 없을 만큼 먼 곳으로 물러나 있었다. 대신 그곳에 닿을 때까지만 수용하기로 했던 굴욕들이 내 삶을 통째로 채워버린 것이다. 5년. 자그마치 5년이었다. 순간 모든 것을 끝내고 싶다는 충동이 일었다.

오후의 종로는 눈부신 햇살로 가득차 있었다. 점심시간이라 그런지 정장을 입은 사람들이 삼삼오오 모여서 움직이고 있었다. 그 길을 따라 일직선으로 서 있는 빌딩숲 사이로 신문사 건물들이 보였다. 반복된 낙방을 겪으면서 이제는 직원들만큼이나 내부를 꿰뚫고 있는 건물이었다. 나는 고개를 깊이 숙이고 걸어갔다.

인터넷에서 찾아본 바로는 감기약 중 약효가 가장 강한 것은 A이지만 구매할 때 의심을 받기 쉽다고 했다. 약효가 조금 덜한 B는 구하기 어렵지 않은 대신 이백 정이 넘는 약을 한꺼번에 먹어야 한댔다. 이백 정이라니, 생각만 해도 목구멍이 아팠다. 그래서 꼭 A를 사기로 마음을 먹었는데 막상 그 햇살 가득한 종로의 대형 약국에 들어가 늙은 할아버지 약사의 얼굴을 보니 용기가 나지 않았다.

하는 수 없이 약국 순례를 시작했다. 두 시간 동안 열일곱 군데 약국을 거친 뒤에야 원하는 만큼의 약을 손에 넣었다. 나는 증거를 없애려는 약쟁이처럼 길가의 쓰레기통에 종이상자를 버리고, 준비해간 지퍼백에 알약을 담았다.

일을 끝마치자 갑자기 허기가 느껴졌다. 언론사 골목에 있는 사거리식당으로 향했다. 2주 전 작문시험을 보러 가기 전에도 민이와 함께 밥을 먹었던 곳이었다.

"아무래도 넌 또 떨어질 거 같아."

그날, 밥을 먹으면서 예상문제를 보고 있는 나에게 민이는 심상하게 말했다.

"너 그게 시험 보러 가는 사람한테 할 소리야?"

민이는 입에서 밥풀을 튀기며 일어선 내 기세에 꿈쩍도 않고 자그맣게 자른 돈가스를 입속으로 넣었다.

"매번 영어시험, 한문시험, 시사시험까지 다 붙고 꼭 작문에서 떨어지잖아. 영어나 한문이 문제라면 노력해서 다음에 붙을 수 있어. 하지만 작문은 그럴 수 있는 게 아니라구. 차라리 네가 글을 못 쓴다면 문제가 아니야. 아예 기본부터 배우면 되니까. 그런데 넌 영 다른 글을 쓴단 말이야. 성악 콩쿠르에서 구성지게 트로트를 부르는 격이라니까. 이건 기력 낭비야. 4수를 했는데도 떨어진 건 네 길이 아니라는 뜻이야. 도대체 왜 기자가 되고 싶은 건데?"

어렴풋하게 알고 있던 걸 다른 사람의 입을 통해 들으니까 슬퍼졌다. 나는 벌떡 일어나 식당 밖으로 뛰쳐나갔다. 따라

나온 민이가 내 옷을 붙잡았다.

"그렇게 일어나면 어떡해!"

"너 때문에 밥맛 떨어졌어."

"다 먹었더구만. 난 반도 못 먹었는데. 누가 시험 보러 가기 전에 그렇게 밥그릇을 박박 다 긁어 먹냐."

"뭐?"

민이는 주머니에 손을 넣고 씨익, 웃었다. 푸르고 싱싱한 초원 같은 미소.

그럴 땐 화를 낼 수가 없다. 어쩔 도리가 없다. 맥이 탁 풀린 나는 길게 한숨을 내쉬었다. 옆을 지나가는 여자애들이 우리를 흘금거렸다. 민이는 누구든지 한 번쯤 뒤돌아보게 하는 외모를 가졌다. 훤칠한 키에 뽀얀 피부, 반듯한 이목구비. 타고난 미의 집합체라 할 만했으나 정작 그애는 사람들의 시선을 의식하지 않는 편이었다. 민이가 내 어깨에 손을 올리고 슬쩍 밀었다.

"이제 가. 펜을 꽉 쥐고, 손끝만 보면서 쓰는 거야. 최선을 다해서. 그리고 이번에도 안 되면 정말 그만하는 거다."

대답하지 않고 뒤를 돌아 한참을 걸어가는데 멀리서 민이가 "아자!" 하고 소리를 질렀다. 나도 주머니 속에서 주먹을 쥐고 속삭였다. '아자.' 그리고 지금 내 주머니 속에는 이백

정의 감기약이 들어 있다.

현관문을 열자 후덥지근하면서도 달콤한 공기가 밀려왔다. 집안은 아무도 없는 듯 고요했다. 나는 조용히 방으로 들어갔다. 갑자기 졸음이 쏟아지면서 온몸이 노곤해졌는데 그것이 마치 죽음의 전조처럼 느껴졌다. 지금껏 나를 품어줬던 방의 한가운데에 서자 그 낡고 볼품없는 공간이 피붙이처럼 애틋해 보였다. 나는 주머니에서 약이 든 지퍼백을 꺼냈다. 손에 닿는 느낌이 차갑고 매끄러웠다. 두둑한 알약 무더기에서 눈을 떼고 물을 마시러 부엌으로 갔다.

'할머니?'

식탁 앞의 할머니를 봤을 때 나는 그것이 환영이라고 생각했다. 할머니는 그림처럼 조용히 앉아 내 수첩—소리 없이 가장 빠르게 죽는 방법—을 들여다보고 있었다. 자그마한 몸이 떨리는 것이 멀리서도 보였다.

할머니는 잼을 만드는 중이었다. 뿌옇고 달콤한 기운이 서린 부엌에 들어서자마자 그렇다는 것을 알 수 있었다. 가스레인지 위에서 커다란 들통이 끓고 있었고 사과 박스가 구석에 두 개나 쌓여 있었다. 나는 소리 없이 뒤돌아 도망치려 했지만 한 발도 떼기 전에 그 자리에 멈춰 서야 했다.

"이리 와서 앉아."

나는 생포된 범인처럼 얌전히 할머니 맞은편에 가서 앉았다. 숨막히는 침묵. 할머니는 수첩과 나를 번갈아 보며 실망을 숨길 수 없다는 표정을 지었다.

"집에 계셨구나. 기척을 좀 하시죠. 저는 또 아무도 없는 줄 알았어요."

나는 실없이 쪼개며 말했다. 연두색 앞치마를 두른 할머니는 나를 말없이 바라보기만 했다. 맑고 투명한 홍채가 흔들림 없이 나를 응시했다.

"수첩 내용을 보신 거예요? 아, 보셨구나. 그건 그냥 한번 써본 거예요. 가상 기사로, 장난삼아서요."

"이런 걸 기사로 쓴단 말이니?"

"요즘엔 다들 그래요. 자극적인 기사를 좋아하니까요."

할머니는 마땅치 않은 표정으로 수첩을 훑어보았다.

"……그래도 이런 글은 쓰지 마라."

"걱정 마세요. 이제 더 쓸 일도 없죠, 뭐. 또 떨어졌잖아요. 들으셨죠? 할아버지가 이번에 또 떨어지면 저는 사람도 아니라고 하셨는데…… 저 이제 사람 아니네요. 할머니는 제가 뭘로 보이세요?"

나는 바보스럽게 웃어 보였다. 자기 비하는 내 주전공이었다. 5년 연속 낙방에 대한 자조 섞인 농담을 떠들어대자 걱정으로 굳었던 할머니의 얼굴이 차츰 부드럽게 풀리는 것이 느껴졌다. 나는 쇼를 끝낸 배우처럼 무겁게 몸을 일으켰다. 이렇게 얼마든지 속일 수 있는 것이다. 가족이라 해도, 낭떠러지 같은 절망 속에 있다고 해도, 아무렇지 않은 듯, 별일 없는 듯.

"그럼 저 들어갈게요."

"은미야!"

할머니는 자리에서 일어서는 나를 따라 몸을 일으키며 다급한 목소리로 말했다.

"사실 다른 할 얘기가 있어서 기다리고 있었다."

"저를요?"

"그래."

할머니는 고개를 끄덕였다.

"우선 방으로 들어가자."

앞치마를 벗은 할머니는 집안의 방문을 모두 열어보고 아무도 없는지 확인한 후에 프릴 달린 블라우스를 휘날리며 안방으로 들어갔다. 나는 영문을 모른 채 할머니를 따라갔다.

"문 잠그고 앉아봐라. 제대로 잠겼는지 확실히 봐."

할머니는 고개를 빼고 내가 문을 닫는 것을 똑바로 바라보았다. 나는 상황이 역전된 것을 느끼며—이제 두려워하는 사람은 할머니 쪽인 것 같았다—방문을 잠그고 앉았다. 방 안이 몹시 고요했다.

"은미야, 지금부터 내가 하는 말 잘 들어라."

할머니는 블라우스 자락을 만지작거렸다.

"이 얘길 어떻게 해야 될지 모르겠는데……"

말을 못하고 한참 동안 헛기침만 하던 할머니는 미간을 찌푸리더니 이윽고 결심한 듯 입을 열었다.

"네가…… 네 고모를 좀 만나러 갔다 와야겠다."

순간 나는 그 말을 집에서 나가라는 뜻으로 알아들었다. 고모라면, 16년 전에 연락을 끊고 자취를 감춘 그 고모가 아닌가. 이렇게 계속 취업에 실패할 바에는 고모처럼 집을 떠나라는 말인가.

"고모가 어디 있는데요?"

할머니는 딴 데를 바라볼 뿐이었다. 갑자기 어떤 생각이 머리를 스쳤다.

"혹시, 고모한테서 연락이 온 거예요?"

고개를 돌려 나를 본 할머니가 살며시 미소를 지었다. 겨울 끝에 불어오는 봄바람처럼 비밀스럽고 따뜻한 미소였다.

사과잼

고모가 마지막으로 집에 보낸 메시지는 다섯 살 먹은 자신의 아들이었다. 아이와 미국에서부터 같은 비행기를 탔다는 여자가 주소를 보고 찬이를 집에 데려왔다. 아침식사중이었던 우리 가족은 너무 놀라서 굳은 채로 그애를 바라봤다. 식탁 의자에 앉은 찬이는 눈물이 채 마르지 않은 눈으로 우리를 훑어보았다. 먹다 만 된장국에서 김이 올라왔다. 아버지가 끽, 딸꾹질을 하자 찬이는 그제야 배시시 웃었다.

그애의 양키스 야구 점퍼 주머니에는 쪽지가 하나 들어 있었다.

'미안해요. —순이.'

쪽지를 읽은 엄마는 조용히 찬이를 욕실로 데려가서 눈물 콧물 범벅이 된 얼굴을 씻겼다. 식구들은 욕실 쪽을 흘금거리며 다시 밥을 먹기 시작했다.

고모는 그 쪽지를 마지막으로 다시는 집에 연락을 하지 않았다. 자기 아들이 열여덟 살이 되도록, 단 한 번도.

"지금껏 어디서 살았대요?"

나도 모르게 목소리가 날카롭게 흘러나왔다.

"여태 소식 한번 없었잖아요."

"아니다. 그게 아니야."

할머니는 길게 숨을 내쉬었다.

"순이에겐 그동안 여러 가지 일이 있었단다. 너희들에게 이야기하지 않은 건 그럴 만한 사정이 있었기 때문이야. 그 애는 미국항공우주국에서 일하고 있어. 우주비행사로."

"네?"

어른 앞에서의 예의가 아니란 걸 알면서도 나는 한껏 비웃는 어조로 물었다. 네?

"사실이다. 매달 찬이 몫으로 돈을 부치고 편지도 보냈어. 그간 나에게 보낸 편지가 수십 통이란다. 가족들에게 비밀로 했던 건, 그애가 그러기를 원했기 때문이야. 그 조직은 비밀리에 우주 사업을 진행하고 있다고 했다. 편지도 내 친구 주소로 보내왔기 때문에 식구들 모르게 받아볼 수 있었어. 누구에게도 그런 사실이 알려지면 안 된다고 했다."

할머니의 입에서 항공우주국, 과 비밀 우주 사업, 같은 말이 나오자 나는 좀 어지러웠다. 할머니는 믿을 수 없을 만큼 차분해 보였다. 두 볼에 피어오른 홍조만이 그녀가 지금 얼마나 흥분해 있는지 말해주고 있었다. 그러니까 할머니는 지금 내게 16년 동안 숨겨온 고모에 대한 비밀을 이야기한 것이다. 그런데 왜, 내게?

"그애는 일 때문에 곧 지금 있는 데서 거처를 옮기게 될 거야. 주소가 바뀌면 연락하기가 어려워질 거라고 했어. 영영 편지를 못할 수도 있다고 했다. 그러니까 더 늦기 전에 네가 그애를 한번 보고 와야겠다."

나는 멍하니 할머니를 바라봤다.

"……할머니가 직접 가시지 않고요, 왜."

"내가 나서면 모두 의심할 거야. 늙은이가 미국에 간다고 하면 다들 무슨 일이냐고 물어보지 않겠니. 그게 무서워서 난 지금까지 편지도 한번 못 보내봤다. 외국에 편지 보내는 걸 언제 해봤어야지. 꼬부랑말도 전혀 모르고, 누구한테 물어보자니 들킬까봐 겁나고."

할머니는 가늘게 손을 떨면서 경대 서랍에서 성경책을 꺼냈다. 갈피에 흰 봉투가 삐죽 솟아 있었다.

"여기, 이 정도 돈이면 둘이서 미국에 다녀오기에 충분할 거야. 민이랑 같이 다녀와라. 둘이 제일 친하지 않니. 식구들에게는 할미가 외국 구경시켜주는 걸로 하고."

나는 아무리 생각해도 이해가 되지 않아 인상을 찌푸렸다.

"고모가…… 정말 우주비행사라고요?"

할머니는 나를 보고 짧게 한숨을 쉬더니 다시 경대 서랍을 열었다. 보자기로 싼 두툼한 뭉치 하나가 나왔다.

"이것 봐라. 그동안 온 편지들이야."

편지는 얼마나 많이 열어봤는지 거의 다 너덜너덜해져 있었다. 나는 편지 뭉치를 천천히 흩어보았다. 미국의 주소, 빼곡한 고모 글씨들…… 잠깐만 훑어봐도 진짜라는 걸 알 수 있었다. 나는 홀린 듯 편지들을 내려다봤다.

"찬이가 가야 하지 않을까요?"

"순이는 아무것도 몰라. 네가 가는 것도, 우리가 이런 얘길 한다는 것도 상상 못할 거다. 그런데 찬이가 갑작스럽게 거기에 가면 어떻게 되겠니. 두 사람 모두 충격을 받을 거야. 준비가 안 된 상태에서 둘 다 상처를 받을 수도 있어. 찬이는 지금까지 정말 아무 탈 없이 잘 자라줬잖니. 문제를 만들고 싶지는 않구나."

"하지만……"

"순이에게 보내려고 잼을 두 통이나 만들었어. 편지마다 내가 만든 잼이 먹고 싶다고 썼더구나. 부탁한다…… 은미야."

할머니는 주름이 가득한 손으로 내 손을 잡았다. 할머니의 고불거리는 단발머리가 창가에 들어온 햇살 때문에 은색으로 빛났다. 나는 비틀거리면서 자리에서 일어났다.

"이건 우리 둘만의 비밀이다."

할머니는 입을 가리고 속삭였다.

"국가 기밀이니까. 잘못하면 FBI, 씰팀이 집으로 찾아올 수도 있어."

"할머니가 FBI, 씰팀을 어떻게 아세요?"

"너도 참. 텔레비전만 틀면 뭐든지 다 보이는 세상 아니냐."

나는 바람 빠지는 소리를 내며 웃었다.

"기자 시험은 계속 볼 거지?"

안방에서 나온 내가 방문을 닫기 전에 할머니는 내게 물었다.

"힘 빠진 얼굴 하지 말고, 미국 갔다 와서 다시 시험 봐. 그게 네 꿈 아니냐?"

기자가 되겠다는 꿈을 처음 가진 것은 초등학생 때의 일이

다. 학교에서 가족 신문을 만드는 과제를 내줬는데, 나는 고모에 대한 인터뷰 글을 썼다. 당시 고모는 과학기술연구원에 다녔다. 나는 그곳에 직접 방문해서 고모의 동료들을 만나고, 실험실 사진도 찍고, 진행중인 프로젝트 자료도 얻어 기사를 썼다. 선생님은 내가 쓴 글을 높이 들어올려 모두에게 보여줬다. 기자 정신이란 바로 이런 거라고, 아무도 모르는 곳에 가서 그곳에서 무슨 일이 벌어지는지를 알려주는 거라고, 내 덕분에 우리 모두 '과학기술연구원'이라는 곳에 대해 알게 되었다고 했다. 그 기사는 전교생들의 수업 자료로 쓰였고, 교육청에서 우수 과제로 전시되기까지 했다. 살면서 그런 주목은 받아본 적이 없었다. 그래서 나는 기자가 되기로 결심했다. 아무도 모르는 곳, 그 끝까지 가서 무슨 일이 일어나는지를 알아보리라고 결심했다. 태어나 처음 본 얼굴을 엄마라고 인식하는 미운 오리처럼, 타인에게 처음 들은 칭찬을 내 인생의 푯대로 삼은 것이다.

방으로 돌아온 나는 제일 먼저 지퍼백 속 알약들을 도시락통에 담아 서랍에 넣었다. 그리고 민이에게 메시지를 보냈다.

'미용실 앞으로 와.'

20년 전에 민이와 나는 서로의 집에서 공평하게 중간이 되는 지점을 찾았다. 당시에 문방구였던 그 점포는 정육점, 음반가게, 편의점을 거쳐 지금은 미용실이 되었는데 하나같이 영세한데다 장사가 잘 안 됐다. 만날 일이 있을 때마다 그 앞에서 보는 게 너무 익숙해져서 이제는 다른 데에 갈 때도 그곳에서 만나 함께 출발하는 게 당연한 일이 됐다.

미용실 앞에 서서 기다리고 있노라니 멀리서부터 친숙한 점이 나타나 점점 가까워졌다.

"은미! 그렇지 않아도 상의할 게 있어서 전화하려던 참이었어."

"그래?"

민이는 축구복 차림에 머리띠를 하고 있었다. 운동이라면 질색이면서 무슨 축구복이냐고 물었더니 엊그제 화보를 찍은 업체에서 선물로 받았다고 했다. 그애의 표정은 어딘지 불안해 보였다. 뭔가 큰 실수를 했거나 아니면 기분이 아주 좋은 것 같았다. 나는 민이가 머뭇거리는 사이를 기다리지 못하고 입을 열었다.

"참, 나 시험 또 떨어졌다."

민이는 할말을 잃은 얼굴로 나를 봤다.

"넌 그럴 줄 알았다고 하겠지만, 엄청 충격받았어. 스물여섯 살에 대머리 백수라니. 이건 너무 심하잖아."

"대머리?"

나는 고개를 숙여 민이에게 정수리를 보여줬다.

"이대로 빠지면 1년 안에 다 벗어질걸."

"아……"

민이는 쓴웃음을 지었다.

"혹시 나랑 미국에 안 갈래?"

나는 다짜고짜 물었다.

"여름 시즌 화보 촬영은 다 끝났고, 당분간 다른 일도 없잖아. 나한테 미국행 공짜 티켓이 생겼거든."

"7월부터는 주사 맞기 시작할 거라고 했잖아."

"주사?"

뭔가를 꾹꾹 눌러담은 얼굴로 민이가 말했다.

"넌 정말 내가 하는 말을 하나도 기억 못하는구나."

나는 희미한 기억을 되짚어보았다. 마지막으로 민이를 만난 것은 호프집에서였다. 합격 발표를 기다리다가 불안해서 또 민이를 불러냈고, 술을 마셨고, 어쩌면 조금 울었을 것이다. 안개처럼 뿌연 기억의 한 귀퉁이에서 민이도 그날 나를 따라 술에 많이 취했던 게 떠올랐다. 그앤 말하기를, 이제는 결심을 굳혔다고 했다.

'너한테 제일 먼저 말하는 건데…… 호르몬 주사부터 맞아보려고. 그거 맞는다고 완전해질 수는 없겠지만 조금 가까워질 수는 있겠지. 주사 맞고 괜찮다 싶으면 수술도 할 거야. 꼭 할 거야. 정말이야. 돈도 다 모았어……'

"주사? 그날 말했던 호르몬 주사?"

나는 가까스로 찾아낸 그 기억이 틀리기를 바라며 물었다. 내 목소리는 목에 생선 가시라도 걸린 것처럼 불편하게 들렸다.

"그래."

"설마. 정말 그걸 맞겠다고?"

민이는 말없이 나를 바라보았다.

"내 평생 너를 옆에서 지켜봤지만, 민아, 넌 좀 기이한 취향이랄까 취미랄까, 그래 그런 게 있긴 하지만, 그래도 분명히 남자야. 잠깐 여자가 되어보는 경험을 하는 거랑 여자가 되는 건 다른 문제야."

민이의 얼굴이 굳어지는 걸 보면서도 나는 빠르게 말을 뱉어냈다.

"넌 여자처럼 행동하고, 여자처럼 말하지. 하지만 그건 잠깐뿐이야. 언제나 남자로 돌아가서 널 기다리는 여자애들을 만나러 다녔어. 너랑 사귄 여자애들만 우리 동네에 한 트럭

이야. 그애들 이름 한 명 한 명 불러볼까?"

"상담 선생님은 나한테 연애가 일종의 투사라고 했어. 내가 만난 그 여자애들처럼 되고 싶어했던 거라고."

"넌 그 마른 멸치같이 생긴 의사가 신이라도 되는 줄 알아? 그 사람이 죽으라면 죽기라도 할래?"

"그래!"

민이는 입술을 꽉 깨물고 숨을 삼키더니, 버럭 소리를 질렀다.

"그 마른 멸치가 너보다 나를 잘 알더라. 죽으라면 죽을 거냐고? 나한테는 매일매일이 죽는 것보다 더 힘들었어. 그 멸치는 아는 걸 너는 모르지. 왜냐고? 너한테는 너 자신밖에 없으니까. 오로지 너 자신만 힘들고 괴롭다고 생각하니까!"

민이는 엄청나게 화를 냈다. 마치 미친 말 같았다. 그애가 그렇게 소리를 지르는 건 본 적이 없었다. 분노에 가득차서, 마치 화염을 내뱉듯이 소리를 질렀다. 다시는 나를 보지 않겠다면서 머리띠를 벗어 집어던지고, 주먹으로 자기 머리를 마구 때리면서, 시뻘게진 눈으로 나를 노려보고, 나쁜 년이라고 고함을 질렀다.

민이가 뒤돌아서 자리를 떠난 뒤 그애가 집어던진 머리띠가 내 발아래로 굴러왔다. 나는 얼어붙은 듯이 그 자리에 서 있었다. 점차 해가 저물어서 주위가 어둑어둑해졌다. 살살 다리가 아파왔고 목구멍이 따끔거렸지만 움직일 수가 없었다. 그렇게 홀로 꼼짝없이 서 있노라니 자연스럽게 이 골목에서 민이와 함께 보낸 20년의 시간이 차례로 떠올랐다. 뭔가 큰 잘못을 저지른 것 같은 느낌이 들었다.

민이는 언제나 인기가 많은 아이였다. 그애는 다섯 살 때 이미 '서울에서 제일 잘생긴 애'라는 말을 듣고 다녔다. 학교에서 민이의 사진은 부르는 게 값이었다. 팬클럽도 몇 개나 되어 1년 내내 초콜릿에 파묻혀 살다시피 했다.

"둘이 만나면 뭐 하고 노니?"

"민이가 좋아하는 연예인은 누구야?"

여자애들은 늘 그애와 친한 나를 부러워했다. 그애들은 민이와 내가 뭘 하면서 시간을 보내는지 궁금해 미칠 것 같은 표정을 지었다. 나는 알쏭달쏭한 미소를 흘리며 그애들을 애태웠는데, 사실은 진실을 말하기가 난감해서였다. 민이와 나는 누구도 끼워주지 않고 단둘이서 놀았지만, 남들이 생각하는 모습과는 많이 달랐다.

처음에 우리는 소꿉놀이를 했다. 민이는 요리를 잘하는 예쁜 엄마였고 나는 게으름 피우기 좋아하는 아버지였다.

"배고파! 빨리 밥 줘!"

"당신도 참, 조금만 기다려요."

내가 손바닥으로 머리를 괴고 누워 있으면, 리본핀을 꽂은 민이는 나를 부드럽게 나무라며 나뭇잎을 빻아 저녁을 지어왔다. 간혹 지겨워지면 민이가 아기 역할을 맡았지만 절대로 아버지 역할은 하려고 하지 않았다. 민이는 자기 엄마 핸드백을 몰래 가져와서 온종일 어깨에 메고 다녔다. 립스틱을 바르면 여자인 내가 보기에도 꼭 인형 같았다.

철이 좀 들고부터는 종이인형을 잘라서 옷을 갈아입히거나 공기놀이를 했다. 민이는 아역 모델 일을 해서 벌어들인 돈으로 부모님 몰래 바비 인형을 사 모았다. 그애의 가방에는 갈아입힐 인형 옷이 수십 벌도 넘게 들어 있었다. 나는 민이가 싫증낸 옷들을 무한정으로 공급받으며 함께 공주놀이를 했다.

10대가 된 후에도 우리는 다른 이성 친구들처럼 어색해지지 않았다. 같이 봉숭아물을 들이고, 드라마를 보고, 머리에 헤어롤을 말고서 밤새도록 전화 통화를 했다. 우리는 만화에 나오는 한 쌍의 초능력 마법사, 종횡무진 활약하는 혼성 탐정단, 둘만 있으면 모든 문제가 해결되는 환상의 콤비였다. 민이와 나는 똑같은 옷을 입고 뻐기듯이 걸어다녔다. 그앤 정말 시도 때도 없이 스커트와 원피스를 입고 싶어했다.

민이네 집이 다른 집처럼 평범했다면 아이가 열 살이 되기 전부터 뭔가 별나다는 걸 알아차렸을 것이다. 하지만 민이네 아버지는 유명한 소설가였고, 어머니는 시나리오 작가였다. 그들은 언제나 각자 작업중이거나 여행중이었다.

민이의 남다름을 제일 먼저 눈치챈 사람은 늘 그애를 거두어 먹였던 우리 엄마였다.

"저애는 뭐가 되려고 저런 계집애 같은 짓만 한다니."

엄마는 혀를 찼지만, 나는 그런 민이가 너무나 좋았다. 민이는 내가 하는 말을 전부 다 이해해줬고, 아무리 오랜 시간 쇼핑을 해도 불평하지 않았다. 민이와 함께라면 종일 방에서 잡지를 읽고, 라면을 먹으면서 끝도 없이 수다를 떨 수 있었다. 나는 있는 그대로의, 계집애 같은 민이가 좋았다. 하지만 그애가 자라면서 점차 커다란 키에 깊은 눈을 가진 미남으로 변하자, 그것도 솔직히, 보기 좋았다. 누구든 인정할 수밖에 없다. 민이는 비현실적인 외모를 갖고 있었다. 그리스의 조각상을 닮은 이상적인 피조물. 그가 바로 나의 단짝 친구였다.

10대 이후로 민이는 그애를 원하는 여자애들과 즉흥적으로 사귀고 헤어졌다. 하지만 데이트가 끝나면 그앤 늘 나에게 돌아왔다. 그 여자애들에게는 결코 솔직할 수 없었을 테니까. 나는 민이가 여자처럼 보이고 싶어한다는 것을 알고 있었다. 몸을 휘감는 레이스와 새틴의 감촉이 그애를 숨쉬게 한다는 것을 이해하고 있었다. 실크 슬립 원피스를 입고 정성 들여 화장을 한 민이는 누구보다 예뻤다. 우리는 집에서 멀리 떨어진 거리로 가서 수작을 거는 남자들을 향해 관심 없다는 손짓을 하고 둘이서 팔짱을 끼고 돌아다녔다. 그럴 때면 겁나는 게 없었다. 나는 민이와 함께 있을 때만 안전하다고 느꼈다. 그건 다른 여자 친구들과는 한 번도 느낀 적 없는 감정이었다.

미용실의 간판에 불빛이 들어왔을 때 나는 골목에서 나와 길을 걸어갔다. 자전거를 탄 남자아이들이 우르르 내 옆을 지나갔다. 어둠이 깊어지자 외로운 기분이 들었고 그래서 어딘가로 가고 싶었지만 갈 데라곤 한 곳밖에 없었다.

"밥 먹어라!"

집에 돌아오자마자 식탁에 앉아 있던 엄마가 소리를 질렀다. 그 불안한 음정에 분명히 담긴 뜻—또다시 취직에 실패한 걸 자백하고 어른들의 훈계를 들어야 할 시간—을 나는 분명히 알아들었다. 집단생활에서 의식이란 중요한 것이다. 나는 제단 위의 제물로 식탁에 가 앉았다.

"은미는 내일부터 가게에 나와서 일 배워라."

할아버지는 더이상 말하고 싶지 않다는 듯 딱 잘라 한마디를 했다.

가게라 함은 할아버지가 운영하고 있는 '이대갈비'를 일컫는다. 그곳 갈비는 맛이 꽤 괜찮다. 오래된 만큼 단골도 많다. 한마디로 돈을 잘 벌어들인다는 뜻이다.

"그래도 너는 집에 번듯한 가게가 있어서 백수 신세는 면했잖냐. 할아버지 말씀대로 이제 일 시작해. 이것도 가업이다."

아버지는 과년한 내 나이와 그에 따르기 마련인 책임감에 대한 이야기를 끝없이 되풀이했다. 엄마도 거들었다. 이대갈비를 삼대갈비로 잇는 것이 대단한 과업이라도 된다는 듯이. 나는 밥그릇에 코를 갖다대고 뜨거운 김을 느끼고 있었다.

"책 보고 글쓰는 거 말고 아무것도 할 줄 모르는 애를 밥집에 보내서 뭐하게요?"

할머니의 말은 꽁꽁 묶어둔 자루에서 불쑥 튀어나온 개구리처럼 조용한 식탁 위로 날아올랐다. 할아버지의 안색이 붉게 바뀌었다.

"글이라니, 이 여편네가 지금 무슨 헛소리야! 그래, 저애를 앞으로도 저 모양으로 내버려두겠다는 거야?"

"저 모양이 뭐가 어때서요? 공부가 좀 길어진다 생각하면 돼요."

할머니는 차분한 눈으로 할아버지를 바라보았다.

"넓은 세상이나 보고 오라고, 내가 미국 여행 보내준다고 했어요. 머리 식히고 와서 다시 공부 시작할 거예요."

"미국 여행? 누구 돈으로?"

"내 돈이죠."

"당신 돈이 어딨어?"

"할아버지 돈이 다 할머니 거예요."

나는 나지막한 목소리로 말했다.

"법적으로 그래요. 지금 이혼하셔도 절반은 너끈히 받을 걸요?"

놀란 엄마는 내 등짝을 때렸고, 아버지는 무슨 버르장머리 없는 소리냐며 나를 야단쳤다. 할아버지가 숟가락을 집어던지며 자리에서 일어나는 것으로 그 수난은 끝이 났다. 엄마는 뒤늦게 식탁 밑에서 내 손을 잡았다.

민이와 나는 매일 자정에 시작하는 라디오 프로그램을 함께 들었다. 90년대 발라드가 주로 나오는데, 가사가 아름다운 곡이 많았다. 그날 밤 '시인과 촌장'의 노래가 흘러나왔을 때, 나는 민이에게 전화를 걸었다. 한참 동안 신호음만 울릴 뿐 대답이 없었다. 한없이 기다리고 있다가 그만 끊으려는데 낮은 목소리가 응답을 했다.

"왜."

"어……"

갑자기 혀가 부풀어오른 것 같았다.

"저기…… 잤니?"

"안 잤으니까 전화 받았지."

"……아까, 내가 미안해."

나는 기어들어가는 목소리로 말했다.

"그렇게 말하는 게 아니었는데…… 시험 떨어진 충격으로 내 머리가 어떻게 됐나봐."

민이는 말없이 듣기만 했다.

"이제 정말 포기해야 된다고 생각하니까 화가 나더라고. 억울하기도 하고. 그렇다고 네 문제를 별거 아니라고 여긴 건 아니야. 네가 얼마나 힘들었는지 알아. 그 모든 시간, 나도 너랑 같이 있었잖아."

나도 모르게 목이 메었다.

"어떻게 하면 마음이 풀리겠어? 뭐든지 말만 해. 차라리 욕을 하든지 때려."

"됐어."

"야, 나 지금 감기약 이백 알 갖고 있다? 그러니까 너도 힘들면 나한테 말해. 친구가 뭐니. 콩 한 쪽도 나눠 먹는……"

"난 안 죽어."

밤이라서 주위가 몹시 고요했다. 나는 고개를 끄덕였다.

"……그래."

"넌 그깟 시험에서 떨어진 게 뭐 그렇게 대단하다는 거야? 사람들은 누구나 다 떨어져. 원래 시험이란 게 몇 명만 붙고 나머지는 다 떨어지는 거야. 그리고 사실……"

민이는 잠깐 말을 멈췄다.

"그렇게 치면 나는 태어나면서부터 떨어졌어. 제일 붙고 싶었던 데에서, 여자가 되는 데에서 떨어졌다고. 넌 내가 떨어진 데에 붙었잖아. 그런데 왜 이렇게 요란이야?"

전화는 툭 끊어져버렸다.

찬이는 새벽 2시가 되어서야 독서실에서 돌아왔다. 출출하다며 식탁 앞에 앉은 찬이에게 엄마는 사과잼을 바른 토스트와 따뜻하게 데운 우유를 먹였다. 엄마가 찬이의 등을 쓸어내리는 걸 보고 나는 방의 불을 껐다. 그날 밤 꿈에서 나는 감기약을 백이십 정까지 먹다가 배가 불러 포기하고 말았다.

1999. 10. 29.

첫날 훈련소에서는 키와 몸무게를 쟀어요. 전체 후보생 중에서 여자 비행사는 열 명밖에 없었죠. 속옷만 입은 우리는 기대에 차서 서로를 보며 웃었는데 한 시간 뒤에 그중 두 명이 신체 조건 미달로 떨어졌어요. 하버드와 옥스퍼드를 나온 애들이었죠. 그애들은 눈물을 참느라 시뻘게진 눈으로 훈련소를 떠났어요. 소장은 훈련이 끝날 때까지 전체 인원의 3분의 2가 탈락될 거라고 말했어요. 생각보다 많은 수의 비행사를 뽑은 이유가 있었던 거죠.

훈련은 2년 동안 계속됐어요. 2년 동안 모든 종류의 스트레스에 대한 시험을 받았다는 얘기예요. 제가 제일 걱정했던, '전투기 조종사들만 남기고 나머지는 다 떨어뜨리지 않을까' 하는 생각은 완전히 잘못된 것이었어요. 우주에서 조종술은 하급 기술에 속했거든요. 대부분의 궤도 조정은 컴퓨터가 다 하는데다 오른쪽과 왼쪽만 구별할 수 있으면 우주는 운전하기가 그리 복잡한 곳이 아니었어요.

제일 힘들었던 건 가속도에 대한 내성 테스트였어요. 비행사들의 몸에 지구 중력의 다섯 배에 달하는 압력을 가하고 얼마나 잘 견디는지를 측정하는 것이었죠. 초반에 저는 계속해서 하위 10퍼센트에 속했어요. 기준치를 훨씬 넘는 근력을 가진 사람들을 제외하고는 하나같이 훈련 도중 기절해버리는 바람에 부진이 크게 눈에 띄지는 않았지만 이러다가는 곧 후보에서 떨어지고 말 거라는 생각이 들었죠. 상황을 뒤집으려면 식단에서부터 잠자리 습관까지 모든 걸 바꾸지 않으면 안 됐어요.

저는 새벽부터 일어나 미친 사람처럼 운동을 하기 시작했어요. 올림픽에 나갈 준비를 하는 선수처럼 하루종일 몸을 단련하고 밤이 되면 탈진한 채 잠자리에 들었죠. 지쳐서 온종일 아무 생각도 못하고 지나갈 때가 많았어요. 베개에 머리를 누이면 온몸이 너덜너덜해져버린 것 같았죠. 하루에 여덟 시간씩 근육을 움직여대니 제 몸은 서서히 변할 수밖에 없었어요. 나중에는 원심분리기 속에서 미친듯이 흔들리면서도 2차 방정식을 풀 수 있겠더군요.

훈련 과정은 가혹하다고 할 만큼 난도가 높았어요. 비행사들은 우주선 선실에 사흘간 격리되기도 하고 5미터 깊이의 물속에서 칠 분간 버티기를 시험받기도 했죠. 수중훈련 도중에는 많은 사람들이 고막을 다쳤어요. 어떤 이들은 제 발로 나갔죠. 단순히 우주를 꿈꿔왔다는 이유만으로는 견디기 힘든 테스트들이었거든요. 저요? 저는 어떻게든 견딜 수 있었어요. 저에겐 다른 대안이 없었으니까요. 달리 갈 곳이 없기도 했고요.

제일 많은 후보가 탈락된 것은 정신 건강 테스트였어요. 러시아에서 온 전문가들이 비행사들을 면담했죠. 그들은 우리를 공격하고, 모욕하고, 겁주고, 슬픔에 젖게 만들었어요. 남자들도 울면서 방을 뛰쳐나가버렸죠. 저는 울지 않았어요. 아무것도 저를 자극하지 못했어요. 이상하리만치 제 마음은 평안해져 있었어요. 그것이 높은 점수를 받을지 감점 요인이 될지는 알 수 없었죠. 면담이 끝난 후 검사자들이 제 눈을 보며 웃어주고 나서야 결과가 나쁘지 않으리라는 걸 짐작할 수 있었어요.

저는 TOP 3에 들면서 훈련을 마쳤어요. 훈련을 수료하던 날 남은 비행사는 단 열두 명이었죠. 처음 인원의 5분의 1밖에 안 되는 숫자였어요. 넓디넓은 강당에서 덴마크인 소장이 웅웅 울리는 마이크에 대고 말하고 있었죠.

"어떤 사람들은 우리가 초인을 양성한다고들 말하지요. 하지만 누구나 얼마든지 우주비행사가 될 수 있습니다. 필요한 것은 약간의 지식과 철저한 훈련뿐입니다. 이건 슈퍼맨 프로젝트가 아닙니다."

"젠장, 지루해 죽겠네."

제 옆에 서 있던 여자가 중얼거렸어요. 그녀의 이름은 레이철. 여자들 중에서는 우리 둘만 최종까지 살아남았죠. 우린 서로 사적인 이야기를 나눈 적이 없었어요. 살아남아야 된다는 생각에 하루하루가 벅찼으니까요. 처음 들은 그녀의 목소리가 무척 아름다워서 저는 놀랐어요. 그녀는 저를 흘긋 바라보고 말을 이었어요.

"내가 몇 년 전에 숲에서 목을 매고 죽으려고 한 적이 있거든? 남자 때문이었어. 열일곱 살부터 15년이 넘게 만나면서 친구였다, 연인이었다, 잠만 자는 사이였다, 끝내 더럽게 차였지. 역할을 정하는 건 항상 그 새끼였고, 내키는 대로 날 정말 함부로 대했는데, 헤어지자고 하니까 하늘이 무너지더라고. 누가 뭐라고 해도 나는 그 새끼를 숭배했거든. 여기 들어오기 전까지도 말이야."

레이철이 비죽 웃었어요.

"그런데 지금은 어떤지 알아? 그 새끼로 요리도 해먹을 수 있을 것 같아."

훈련 내내 위로 틀어올렸던 그녀의 붉은 머리카락이 어깨 위로 구불구불, 용암처럼 흘러내리고 있었어요. 저는 그 불타는 듯한 머리카락을 감탄하듯 바라봤어요.

"이제 두려울 게 없겠네."

"맞아. 그런데 여기서 나가면 어디로 가야 할지 모르겠어."

옆에서 누군가 조용히 하라며 주의를 줬어요. 저는 앞을 보고 말했어요.

"그게 우리가 지금 여기 있는 이유야. 갈 데가 있는 사람은 벌써 다 돌아갔거든."

저는 그녀에게 언제든 필요할 때 찾아오라며 집 주소를 줬어요. 그녀는 나중에, 하지만 고마워, 라고 말했죠.

2년 만에 집에 돌아온 저는 간절히 바랐던 대로 특대 사이즈 피자를 시켜놓고 TV 앞에 앉았어요. 그런데 마치 고무를 씹는 것처럼 아무 맛도 느낄 수가 없었죠. 온몸에서 계속 식은땀이 흘렀어요. 결국 사우스 포인트 파크를 세 시간 동안 달리고 나서야 잠자리에 들 수 있었죠. 우주인 훈련은 슈퍼맨 프로젝트가 맞았어요. 복잡한 생각은 더이상 머릿속에 떠오르지 않았죠. 한국과, 찬이와, 끔찍했던 결혼 같은 것들 말이에요. 저는 강해졌고 그 사실이 여러모로 저를 편안하게 해줬어요.

여행 가방

1

민이는 나와 함께 미국에 가기로 했다. 고모와 친분도 있거니와 공짜 비행기 티켓을 마다할 이유가 없었던 것이다. 지난번 일로 마음이 상해 있을까봐 걱정했는데 선뜻 같이 가주겠다고 말해줘서 고마웠다. 혼자서는 도무지 용기를 낼 수 없었을 터였다. 민이는 어릴 때부터 부모님 틈에 끼어 자주 외국에 오갔기 때문에 여행 경험이 많았다. 그에 비하면 나는 졸업여행으로 제주도에 가봤을 뿐 장거리 비행도 처음이었다.

"뭐 이렇게 느긋해? 여권도 신청해야 하고, 할 게 산더민데!"

집에 놀러온 민이가 아무 생각 없이 퍼져 있는 나를 보고 혀를 찼다.

"잘 모르겠어. 내가 이렇게 미국에 가는 게 맞는지."

"안 가면, 이대갈비 출근하게?"

"거기 갈비 맛있어."

민이는 기가 막힌다는 듯이 나를 쳐다보았다.

"갈비를 먹으려고 갈빗집에 취직할 필요는 없어."

"솔직히 앞으로 뭘 해야 될지 모르겠어. 아무 생각이 안 나."

"집을 떠나면 달라질 거야."

민이가 내 어깨에 손을 올리고 말했다.

"충분히 생각해보고 결정해. 미래는 무궁무진하니까."

"그럼 너도 그렇게 해."

나는 불쑥 말했다.

"찾아보니까 주사며 수술이며…… 부작용도 많고 후회하는 사람들도 많대. 지금처럼 지내면 안 될 게 뭐야? 꼭 위험하게 몸을 바꿀 필요 없잖아."

민이가 한숨을 쉬며 내 어깨에서 손을 떨구었다.

"이래서 네가 날 이해 못한다는 거야."

"그냥 여러 가능성을 다 생각해보라는 거야. 미래는 무궁무진하니까."

민이는 내 말에 대답하지 않았지만, 어쨌든 나와 함께 미국에 가주겠다고 했다.

그날 저녁 민이와 나는 할머니께 돈을 받았다. 할머니가 가족들 앞에서 돈봉투를 꺼냈을 때 환호하는 사람은 아무도 없었다. 할머니는 무표정한 얼굴로 여행의 진짜 목적을 숨겼다. 그저 견문을 넓히고, 잘 쉬고 오라고 했다. 할아버지는 여편네 허파에 바람이 들었다며 코웃음을 쳤다. 아버지는 안절부절못하며 할아버지를 따라 방으로 들어갔다.

엄마는 조용히 다가와 할머니께 사양의 뜻을 전하면 어떻겠냐고 말했다. 취업에 다섯 해나 미끄러진 주제에 꽃놀이를 갈 때는 아니지 않냐는 뜻이었다. 모두 다 반대하고 나서자 이상하게 오기가 치솟았다. 지긋지긋해, 라고 나는 아무도 모르게 중얼거렸다. 집을 떠나고 싶었다. '지금 이곳'을 잠시만이라도 잊고 싶었다. 미국이 아니라 어디라 해도 상관없었다.

할아버지는 사태를 완전히 무시하는 것으로 반대 의사를 나타내다가, 마침내 여권과 비자가 나오자 할머니와 본격적인 싸움을 시작했다.

노인들의 부부싸움은 오래된 고무줄 같다. 끊어질 듯하면서도 절대 끊어지지 않고, 질기고, 가느다랗고, 흐물거린다. 싸움이 끝난 뒤에도 절대 원위치에 탄력적으로 돌아오지 않는다. 늘어난 자리에 헐겁게 멈춰 있다. 부부들은 오랜 시간에 걸쳐 서로가 바뀌지 않을 것이란 걸 깨닫게 되지만 끝내 그걸 이해하지는 못하는 것이다. 싸움은 며칠 동안 개정과 폐정을 반복하며 꾸준히 이어졌다.

"당신은 세상을 하나의 논리로만 평가하는 게 문제예요. 재는 취직에 잠깐 실패한 것뿐이지, 인생 전부에 실패한 건 아니라구요."

"싹수가 보이지 않으면 다른 사람들처럼 먹고살 일을 배우기 시작해야지. 미국은 무슨 얼어죽을 미국이야?"

"숨 좀 돌리고 다시 시작한다잖아요."

"당신이 그렇게 순이 인생도 망쳤지. 내가 똑똑히 기억하고 있어. 그애가 세상에 조금만 고개를 숙이도록 가르쳤으면 지금 같은 꼴은 당하지 않았을 거야."

레퍼토리는 어김없이 고모 이야기로 넘어갔다. 할아버지는 내가 가는 곳이 미국이라는 게 무엇보다 마음에 걸렸던 것이다. 할아버지는 고모가 미국에 간 뒤로 모든 게 망가지기 시작했다고 믿고 있었다. TV를 보다가도 미국 얘기만 나오면 채널을 돌려버리는 할아버지였다.

"난 절대 허락 못해!"

"상관없어요! 다 큰 성인인데 누구 허락이 필요해요?"

뭔가 둔탁하게 떨어지는 소리가 났고, 이후로는 그 밤 내내 조용했다.

할머니와 할아버지가 대치 상황에 있는 동안 나는 말없이 여행 준비를 해나갔다. 나는 내가 처해 있는 유예 상태를 애써 모르는 척하려고 했다. 시계를 보지도 않았고, 날짜를 세지도 않았다. 미국에 가져갈 책을 높이 쌓았다가 허물었고, 가져갈 옷을 늘어놓았다가 도로 집어넣었다. 밤에는 잠이 잘 오지 않았다. 아침에 일어나면 지금 여기가 어딘지 어리둥절해서 한동안 정신을 차리지 못했다.

"그 안에 여행 짐을 다 넣으려는 거야?"

집에 있는 제일 큰 백팩에 짐을 싸고 있는 나를 본 민이는 어이없다는 듯 소리를 질렀다.

"따라와, 네 덕분에 공짜 여행을 가게 됐으니까 가방은 내가 사줄게. 이걸로는 어림없어."

나는 민이가 이끄는 대로 따라갔다. 그저 큰 가방이 여행 가방이라고만 생각해왔는데 그곳에 도착하자 그게 얼마나 잘못된 생각이었는지 알 수 있었다.

그곳은 여행 가방만을 전문으로 취급하는 가게였다. 상점 전체가 새로운 곳으로 떠날 기대와 설렘으로 가득차 있었다. 오드리 헵번이 들고 떠날 것 같은 원통형의 가방에서 빨강머리 앤 스타일의 사각 트렁크까지 없는 게 없었다. 어느 것에도 선뜻 손을 내밀지 못하고 망설이던 나는 한참 동안 고민하다가 튼튼한 하늘색 캐리어를 골랐다. 민이가 계산대 앞에서 손잡이에 방울을 달아주었다. 민이와 헤어져 집으로 돌아가는 내내 가방에서 맑은 물소리가 났다. 며칠 동안 우울하기만 했던 기분이 조금씩 나아졌다. 해질녘 노을이 하늘을 붉게 물들이고 있었다. 가방이 나를 좋은 곳으로 데려가줄 것이라는 확신이 들었다.

그날 밤, 나는 고맙다는 말을 하려고 민이에게 전화를 걸었다. 한참 만에 전화를 받은 사람은 민이가 아니었다. 낮은 목소리의 남자였다. 그는 민이가 지금 옆에 없다고 말했다. 묘하게 빈정거리는 말투였다. 나는 다시 연락하겠다며 서둘러 전화를 끊었다. 그리고 멍하니 침대 위에 앉아 있었다. 중요한 뭔가를 잃어버린 기분이 들었는데, 그게 뭔지 알 수 없었다. 그날 밤 나는 민이에게 다시 전화하지 않았다.

할아버지는 끝내 나의 미국행을 승인하지 않았지만, 더이상 거센 반대를 하지도 않았다. 출발 전날, 아버지는 뒤늦게 내 여행 일정에 대해 물어봤다. 난 급하게 떠오른 대로 뉴욕에 간다고 얼버무렸다. 아버지는 내게 엠파이어스테이트빌딩에 꼭 올라가보라고, 스테이크도 종류별로 먹어보라고 했다. 난 말없이 고개를 끄덕였다. 고모를 만나러 간다고 하면 아버지가 어떤 표정을 지을지 궁금했다.

'고모를 만나러 간다.' 여행이 성공한다면 16년 만의 재회가 이루어지는 것이다. 그녀는 나에게 일반적인 의미의 고모가 아니었다. 나는 책을 읽는 법, 친구를 사귀는 법, 지루한 시간을 견디는 법, 나만의 방식으로 노래하는 법까지 모든 것을 그녀에게서 배웠다. 갈빗집 일로 늘 바쁜 부모님 대신 나의 유년 시절에는 늘 고모가 있었다. 고모는 줄곧 나를 '연필 공주'라고 불렀다. 아기 때부터 종이에 연필로 끄적이는 것을 좋아했던 나에게 그녀가 직접 붙여준 별명이었다. 멋진 시와 동화를 지어 고모에게 보여주면, 그녀는 내가 세상에서 제일 똑똑한 아이라고 말해주었다.

민이와 나를 스케이트장과 수영장에 처음 데리고 갔던 사람도 고모였다. 우리는 지쳐 쓰러질 때까지 뒹굴면서 놀다가 고모와 데이트하는 남자들이 사주는 햄버거와 셰이크를 몇 개씩 먹어치우곤 했다. 아무 일도 일어나지 않았던 유년 시절에 고모와 함께했던 시간은 너무나 생생한 것이어서 온몸이 떨리던 느낌까지 고스란히 기억할 수 있었다. 지금도 그때를 생각하면 사라진 모든 것이 그리워 아득한 기분이 됐다.

고모가 지금 어떤 모습으로 살아가고 있을지 나는 상상조차 할 수 없었다. 그것은 아홉 살 때 잃어버린 인형이나 스케치북이 지금 어디에 있을지를 그려보는 것과 같았다. 할머니의 이야기가 사실일 수도 있지만 그것은 분명 어딘가 허황된 분위기를 풍겼다. 우주비행이니 나사NASA니, 군데군데 잉크가 번진 편지들만 보고 그런 말을 믿을 수는 없었다. 내가 확신할 수 있는 건 고모가 어디서든 자신 있게 그녀의 삶을 살아가고 있을 거라는 사실뿐이었다.

어쩌면 우리의 재회에서 정작 충격을 받을 사람은 고모 쪽인지도 몰랐다. 고모는 내가 세상 누구보다 똑똑한 여자아이라고 말했었는데, 지금의 나는 아무것도 내놓을 게 없는 실패자, 무직자, 낙오자인 것이다.

짐을 싸는 일은 좀처럼 끝나지 않았다. 갈아입을 옷과 책을 고르느라 몇 시간째 가방을 열고 닫던 나는 새벽이 되자 그만 피곤해져서 눈에 띄는 것들로 대충 절반을 채워넣고 불을 껐다. 막 잠이 들려고 할 때 갑자기 며칠 전에 사서 넣어 둔 이백 알의 감기약이 떠올랐다. 나는 자리에서 일어나 더듬더듬 서랍을 열고 도시락통을 꺼냈다. 어둠 속에서 알약들이 희미하게 빛을 뿜는 것 같았다. 그것을 조용히 바라보던 나는 가방을 열고 깊숙한 데다 도시락통을 넣었다. 어쨌든 난 인생이 그렇게 쉽게 바뀌지는 않는다고 믿는 사람이었다.

2

"차 조심해라."

"끼니 잘 챙겨 먹고."

엄마와 할머니가 현관까지 따라나서는 동안에도 식탁 의자에 앉아 있던 할아버지는 끝내 아무 말도 안 하고 침묵을 지켰다. 나는 할아버지를 향해 꾸벅 고개를 숙였다. 짐을 모두 차에 실은 아버지가 경적을 울렸다.

할머니는 보조 가방 안에 온갖 음식들을 담아 넣었다. 김치, 마른반찬, 된장, 고추장, 사과잼, 딸기잼, 인삼 엑기스, 도라지청, 알로에 즙까지, 혼자서는 다 들 수 없을 정도의 무게였다.

"늦어서 죄송합니다."

분홍색 모자를 눌러쓴 민이가 헐떡거리며 나타났다. 아버지는 민이의 짐을 받아서 트렁크에 넣고 이제 출발한다고 소리를 질렀다. 그러고 보니 식구들 중에 남자랑 단둘이 떠나는 걸 문제삼는 사람은 아무도 없었다. 우리 가족들은 민이의 '남다른' 모습을 너무 오랫동안 봐왔던 것이다.

할머니가 눈물을 찍어내는 걸 보고 아무것도 모르는 엄마가 재미있다고 놀려댔다.

"어머니도 참, 소녀 같으셔."

할머니는 내 어깨를 꽉 끌어안았다가 이내 뒤로 물러났다. 마침내 차가 출발하자 거짓말처럼 마음이 가벼워졌다.

공항으로 가는 차에서 아버지는 내내 말이 없었다. 짐을 내린 후에도 계속 입을 다물고 있던 아버지는 운전석으로 돌아가기 전에 민이의 눈을 들여다보며 말했다.

"저래 보여도 내 하나밖에 없는 딸이다. 조심하도록."

"예, 아버님."

"이건 뭐 누구 하나 용돈 주는 사람이 없네."

아버지는 내 말을 무시하고 돌아서서 가버렸다.

남은 시간이 별로 없어서 우리는 서둘러 수속을 마치고 출국장으로 들어갔다. 탑승구 앞의 벤치에 앉아 있는데 민이가 나지막하게 신음을 내뱉었다.

"왜 그래?"

민이는 손바닥으로 얼굴을 감쌌다.

"생각해봐. 미국은 성소수자들의 종합운동장 같은 곳이야. 그곳에 가는 게 나한테 어떤 의미일 것 같아?"

"좋겠네."

나는 짧게 말했다. 민이가 나를 빤히 쳐다보았다.

"무슨 일 있어?"

"아니. 왜?"

"언제부턴지 모르겠는데 너 나한테 요즘 엄청 뾰족해. 사사건건 시비야. 왜 그래?"

"그런 게 어딨어."

그때 마침 탑승을 시작한다는 방송이 나왔다. 사람들이 일제히 일어났다.

비행기에 오른 민이와 나는 나란히 자리에 앉아서 벨트를 맸다. 자그마한 창문 밖으로 활주로가 보였다.

출입구가 닫히고, 이내 비행기가 서서히 움직이기 시작했다. 점차 속력을 내며 달리던 비행기가 갑자기 붕, 떠올랐을 때 나는 민이의 옷자락을 꽉 잡았다. 민이가 내 손을 잡아주었다. 손안에 땀이 차올랐다. 나는 슬그머니 손을 빼내고 창밖을 바라보았다.

무슨 이유가 있을까? 모르겠다.

민이가 이제부터 여자로 살겠다고 말했을 때, 눈앞이 캄캄해지는 것 같았다. 가슴이 덜컥 내려앉는 기분이었다. 나는 민이의 고통을 이해한다고 생각했었다. 그런데 왜 그애가 그 고통을 집어던지겠다고 했을 때 선뜻 마음을 보탤 수 없었을까? 민이의 비밀을 독점하고 싶었던 걸까? 그애가 변해서 곧 나를 떠날 거라고 여겼던 걸까? 영문을 모를 마음이었다. 우리는 점점 더 먼 곳으로 날아갔다. 귀가 자꾸 먹먹해져서 입속에 침을 모아 삼켰다. 민이가 포장을 벗긴 빨간색 사탕을 내밀었다. 자두맛 사탕이었다. 취향도 할머니 같기는. 나는 입속에서 사탕을 굴리고, 또 굴렸다.

역사들

1

어렸을 때 나는 거짓말을 잘했다. 거의 천부적인 수준이었다. 아마 말을 떼면서부터 거짓말을 시작했을 것이다. 그렇지 않고서는 눈썹 한 올도 움직이지 않고 사람들을 속이는 그 재능을 설명하기 힘들었다.

엄마는 내가 왜 그렇게 거짓말을 해대는지 이유를 알 수 없었다. 내 거짓말은 거의 다 속여봤자 아무 쓸모도 없는 것들이었기 때문이다. 이를테면, 유치원에서 먹은 초코우유를 딸기우유라고 바꿔 말하고, 동물원에 갔다 와놓고는 하루종일 낮잠만 잤다고 말하는 식이었다. 그 시절에 나는 거짓말이 너무 쉬워서, 세상이 이렇게 내 맘대로 움직여도 되는 건가 당혹스러울 정도였다. 죄책감은 개미 똥만큼도 느끼지 않았다.

문제가 생긴 것은 좀더 자란 뒤였다. 미술학원에 다니던 나는 그림을 다 그린 후에 집으로 보내졌는데, 학원을 나서면서 신발장에서 다른 아이의 샌들을 한 켤레 가지고 나왔던 것이다. 나는 태연히 그것을 들고 걸어가다가 골목에 서 있던 쓰레기차에 버렸다. 맹세컨대 나는 그것이 누구의 샌들인지도 몰랐고, 그 샌들이 탐나지도 않았으며, 심술을 피우고 싶었던 것도 아니었다. 굳이 설명하자면 '그렇게 할 수 있었던 것'뿐이었다. 무용의 거짓말이 실천 단계에 이르렀던 것이다. 하지만 그 일은 이전의 거짓말처럼 쉽게 넘어가지지 않았다. 분명한 피해자가 있었고, 그애는 다음날 엄마한테 종아리를 맞은 다리로 반바지를 입고 학원에 왔다. 나는 그 선명한 회초리 자국을 바라보며 내내 손을 떨어댔다.

학원에서 스무 시간 같은 한 시간을 보내고 집에 온 나는 벽장에 숨어들었다. 가슴이 미친듯이 콩닥거렸고 식은땀이 흘렀다. 저녁이 다 되어 나를 찾아낸 사람은 대학생이던 고모였다. 나는 고모의 가슴에 이마를 꼭 붙이고 줄줄이 잘못을 고백했다. 이야기를 다 들은 고모는 떨어지지 않으려는 나를 가슴팍에서 떼어내서 집밖으로 데리고 나갔다. 우리는 신발 가게로 갔다. 내가 버린 것과 비슷한 샌들을 가까스로 찾아낸 고모는 미술학원에 전화를 걸어 아이의 집 주소를 물었다.

"고모도 같이 가주면 안 될까?"

"혼자 가야 돼. 그래야 용서받을 수 있어."

어스름이 내린 저녁이었다. 나는 그 집 앞에 서서 들어가지도 돌아서지도 못하고 끙끙거리고 있었다. 고모는 그런 내 옆에서 한밤이 될 때까지 함께 있어줬다. 결국 포화된 공포와 피로로 쓰러지기 일보 직전에, 나는 초인종을 눌렀다.

지금도 내가 그 집에 들어가서 뭐라고 말했는지는 기억나지 않는다. 그 아이 엄마는 한참 동안 싸늘하게 나를 바라보더니 용서해주겠다는 뜻으로 고개를 까딱해 보였다. 집으로 돌아가는 길에 고모와 나는 둘 다 말이 없었다. 주위는 캄캄한 어둠뿐이었고 나는 갑자기 어른이 된 기분이었다. 갑자기 고모가 킥, 웃었다.

"어릴 때부터 그렇게 거짓말을 해대더니."

나는 비참한 표정을 지으며 땅바닥을 내려다보았다.

"내가 장담하는데, 은미야, 넌 정말 멋있는 어른이 될 거야."

고모는 정색을 하고 말하더니 또 키힉, 웃었다.

"내가 아는 매력적인 사람들 중에 거짓말에 서투른 사람은 하나도 없어. 정말이야. 거짓말을 잘하는 순서대로 재미있는 어른이 될 수 있다고나 할까?"

나는 고모를 쳐다봤다.

"정말?"

"매너만 지킨다면 말이야."

고모는 내 손을 잡고 흔들면서 걸었다.

"그래서 난 네가 좋더라. 거짓말하는 연필 공주."

샌들값을 고모에게 무이자로 갚는 데 거의 1년이 걸렸다. 고모는 그 일을 비밀로 해주었다. 그리고 얼마 뒤에 자신의 말을 행동으로 직접 증명해 보였는데, 그 일의 파장은 결코 샌들 한 켤레로 끝날 만한 게 아니었다.

고모는 6개월이 될 때까지 임신 사실을 숨겼다. 고모답게 거짓말도 정말 스케일이 컸다.

제일 큰 충격을 받은 사람은 할머니였다. 고모는 할머니 삶의 이유이자 의미였다. 우리 가족들은 그 사실을 잘 알고 있었기 때문에 일이 터졌을 때 고모보다도 할머니를 더 걱정했다. 그 이야기를 하기 위해서는 시간을 거슬러올라가야 한다. 어느 집에나 역사라는 것이 있다. 그것을 알기 전에는 아무것도 섣불리 판단할 수 없다.

2

오래전 할머니는 할아버지 친구의 여동생이었다. 전쟁이 막 끝나고, 거리에 달구지와 자동차가 함께 돌아다니고, 여자들은 결혼 전후로 쓸모가 구분되던 시절. 그런 시절이 있었다는 사실을 믿을 수 없지만, 나의 믿음과 별개로 그 시절은 분명 존재했고, 그곳에는 지금의 나보다 젊은 할머니도 존재했다.

할머니의 친정은 카스텔라나 옥수수빵을 만들어 시장에 내다팔았다. 할아버지는 친구 집으로 그 부스러기 빵을 얻어먹으러 자주 놀러갔다. 빵을 먹으며 한두 차례 인사를 나눈 게 전부였는데, 별다른 구애 없이 청혼이 들어왔다. 때가 되었고, 딱히 다른 수가 없었기 때문에 할머니는 할아버지와 결혼했다. 하지만 며칠 지나지도 않아서 자신이 실수를 했다는 것을 깨달았다. 할아버지는 할머니의 의견이나 생각에 일절 관심이 없었다. 생활에 꼭 필요한 말 외에는 대화를 나누려 하지 않았다. 하지만 그런 이유로 결혼을 무를 수는 없었다. 할머니는 여느 처녀들처럼 새 삶에 적응하고 살아가려 애를 썼다.

외부에서 봤을 때 할머니의 결혼은 성공적인 축에 속했다. 할아버지는 생활력이 강했고, 사업은 날로 번창했다. 하지만 결혼생활은 물과 기름처럼 겉돌았다. 할머니에게는 삶을 바라보는 자신만의 색깔이 있었다. 그것은 할아버지와는 완전히 반대되는 색이었다. 할머니가 환상과 꿈, 아름다움, 비극, 무지개에 대한 믿음을 갖고 있었다면 할아버지는 적금과 등산, 단골손님, 소갈비, 독감 예방주사에 대한 믿음을 갖고 있었다. 할머니는 남편과 삶을 공유하기 위해 조금이라도 자신의 속내를 드러내 보일 때마다 모욕과 비웃음을 당했고, 시간이 지날수록 점점 더 마음을 감추게 되었다.

첫아이는 아들이었다. 아들은 무디고, 건강하고, 공차기를 잘했다. 부자父子는 곧 한 팀이 되었다. 할머니는 미래에 대한 별다른 기대 없이 두번째 임신을 했다. 아이는 뜻밖에도 딸이었다. 그것은 생각지도 못한—남편이 여자아이를 만들어낼 수 있다고는 짐작도 하지 못했으므로—일이었다. 막 아이를 낳은 할머니는 발개진 뺨으로 웃었다. 앞으로 자신과 이 아이가 할 수 있는 수많은 일들이 허공에 비눗방울처럼 부풀어올라 떠다녔다. 딸에 대해 남편은 별다른 흥미를 보이지 않았다. 촌스러운 이름을 지어준 게 끝이었다. 그는 아들만을 귀애했다. 할머니는 상관하지 않았다. 아니 오히려 안도했다. 그녀는 자신의 성城에서 딸을 키웠다.

고모는 자라면서 할머니로부터 온갖 공상과 신비로 가득 찬 이야기들을 들었다. 아기인 고모는 말을 모르는데도 꼭 알아듣는 것처럼 손뼉을 치며 웃었다. 할머니는 곧 자신의 딸이 뭔가 남다르다는 것을 깨달았다. 아기는 징징대며 우는 대신 자신이 원하는 것을 정확히 짚어낼 줄 알았다. 배가 고프면 할머니의 가슴팍을 가리켰고, 심심할 땐 딸랑이를 가리켰으며, 날씨가 좋으면 커튼 친 창문을 가리켜서 햇살이 더 들어오게 했다. 아기의 영특함은 해가 갈수록 더해졌다. 숫자도 혼자 깨쳤고, 한글도 혼자서 읽기 시작했다. 돌도 되기 전에 걷고 뛰었다. 할머니는 아이가 넘어져도 아프지 않도록 무릎과 팔꿈치에 도톰한 천을 덧대어 옷을 만들었다. 앙증맞은 리본을 다는 것도 잊지 않았다. 재봉질을 하다가 눈이 마주치면 모녀는 빙그레 웃었다.

할머니의 세계는 서서히 변했다. 엄마와 딸은 모든 것을 함께 했다. 의사놀이도 함께 했고, 목욕도 함께 다녔으며, 장을 보러 갈 때도 함께 갔다. 집에 아무도 없을 때 할머니는 숨겨놓은 쿠키를 꺼내 고모와 함께 차를 마시며 클래식 라디오 채널을 들었다. 잘못된 결혼으로 인한 상실감은 사랑스러운 딸로 인해 보상되었다.

아버지가 열두 살, 고모가 여섯 살이 되던 해에 그 두 패의 가족은 저녁을 먹은 후 한자리에 모여서 뉴스를 보고 있었다. 화면에서는 암스트롱이 달에 착륙했다는 소식과 함께 흑백의 영상이 나왔다. 고모의 머리를 땋아주고 있던 할머니는 탄성을 질렀다.

"저것 좀 봐. 정말로 달에 간 거야. 세상에!"

고모는 한쪽 머리카락을 잡힌 채, 즐거워하는 할머니를 올려다보았다.

"여기가 우주라는 실감이 난다. 그렇지?"

할머니의 눈에 천천히 눈물이 차올랐다.

"날마다 차고 기우는 것처럼 보이지만 실은 저게 진짜 모습인 거야. 둥글고 단단한 달…… 영원한 달……"

"여편네 시를 쓰네."

할아버지가 사과를 한입 가득 깨물면서 중얼거렸다. 고모는 할머니가 움찔, 물러섰다가 이내 다시 굳게 입을 다무는 것을 바라보았다. 고모는 그 자그마한 머리통을 할머니 쪽으로 기대면서 조용히 말했다.

"엄마, 우린 나중에 달에 가서 살아요."

할머니는 고모를 내려다보고 빙긋 웃었다.

"그래. 꼭 그러자."

고모는 과학자로 자라났다. 중고등학교 시절에도 남녀를 통틀어 이과 1등을 놓치지 않았고, 대학에서 지질학과 물리학을 전공하는 동안에도 늘 장학생이었다. 고모는 나약한 공주병 환자가 될 거라는 할아버지의 예언처럼 되지는 않았다. 어떤 무리에서든 선두에 섰고, 활발하고 영민했으며 또래의 여자 친구들보다 두 뼘은 더 키가 컸다. 힘도 아주 세서 웬만한 실험 자재는 혼자 척척 옮길 정도였다. 웃을 때는 목청이 어찌나 좋은지 공기가 우렁우렁 울렸다. 할머니는 의기양양하게 어깨를 펴고 다녔다. 그녀의 딸은 모든 면에서 그녀의 기대 이상이었다. 그릇을 채우고 넘쳐흘렀다. 무엇보다 딸은 그녀를 사랑했다. 매사에 엄마의 마음을 살피는 다정한 딸이었다.

그런 고모가 마침내 더이상은 감출 수 없다는 듯이 불러오는 배를 내밀며 똥배가 아니었어, 하고 웃었을 때 할머니는 어떤 기분이었을까. 우리는 모두 입을 딱 벌리고, 고모 대신 할머니를 바라봤다. 석상처럼 굳어버린 할머니를.

"미안. 나는 곧 이애를 낳을 거랍니다."

찬물을 끼얹은 것 같은 가족들의 반응에 고모는 입을 오므리며 출산까지 3개월 남았어, 라고 중얼거렸다.

이후 할아버지는 가혹할 정도로 고모를 심문했다. 잠도 안 재우고, 밥도 안 먹이고, 같은 질문을 반복해서 되물었다. 보는 것만으로도 정신이 이상해질 것 같은 광경이었다. 하지만 끝내 아기 아버지가 누군지는 밝혀지지 않았다. 순식간에 할머니는 돌연변이를 육성한 죄인이 되었다. 그 시기에 나는 초등학교에 다니고 있었기 때문에 집안에 흘렀던 그 무시무시한 기류들을 다 기억하고 있다. 누구도 숨소리 한번 크게 내지 못했다. 할아버지는 이틀이 멀다 하고 물건을 부수며 고함을 질렀고 할머니는 고모와 할아버지 사이를 가로막고 버티다가 내동댕이쳐졌다.

하지만 고모는 조금도 상처 입지 않았다.

나는 언제나 이 부분을 흥미롭게 돌이켜보곤 한다. 고모는 그 전쟁 같던 시절에, 전쟁을 일으킨 장본인이면서도 죄책감을 느끼거나 위축된 모습을 보이지 않았다. 오히려 할아버지의 분노가 건강에 미칠 영향을 심각하게 걱정하곤 했다.

고모의 차분하고 담담한 표정을 바라보면 잘못된 쪽은 할아버지인 것 같았다. 그리하여 묘하게도 할머니의 품위가 함께 지켜졌다. 모녀는 자연스럽게 출산을 준비했는데, 그 모습이 너무나도 평화로워 보였기 때문에 문제를 다시 들춰내려는 사람이 어딘가 옹졸하고 야비하게 느껴졌다. 할아버지의 딸은 평탄히, 미혼모로의 단계를 밟아나갔다.

찬이는 순한 아기가 아니었다. 뭘 잘 먹지 못하고 걸핏하면 토해냈으며, 자리에 눕혀놓으면 끊임없이 울어댔다. 당시 과학기술연구원에 막 입사했던 고모는 밤마다 거의 잠을 자지 못했다. 찬이는 제 엄마가 집에 돌아오면 작정이라도 한 것처럼 몸을 내던지며 성질을 부렸다. 고모는 직장생활을 하면서 아이를 돌보고, 그 와중에 데이트까지 하고 있었다. 찬이가 돌이 지났을 때 고모는 승진과 함께 갑작스러운 결혼 발표로 가족들을 또다시 놀라게 했다. 상대는 과학기술연구원에서 만난 한국계 미국인 '로저'였다.

"찬이는 미국에서 자라게 될 거예요."

할아버지는 구박데기가 될 것이 틀림없다며 '찬이는 우리가 키우겠다'고 했지만 고모는 코웃음을 쳤다.

"앤 아무도 못 당해요. 누가 뭐래도 제 소속이구요."

찬이는 떠나던 날도 줄기차게 울다가 지쳐 잠이 들었다. 그날 로저는 처음이자 마지막으로 우리집에 와서 식사를 함께 했다. 겉으로 보기에는 우리와 전혀 다르지 않게 생긴 남자가 김치와 젓가락질, 달짝지근한 커피까지 모든 것에 당혹스러워하니까 신기할 정도였다.

어설프게 찬이를 안은 로저는 말도 안 되는 발음으로 '아바리, 오모리 굿바이'를 외치며 손을 흔들어 인사를 했다. 고모와 로저가 나란히 서자 그림이 아주 근사했다. 고모의 시선은 아주 먼 데를 보듯, 조금은 위축된 듯, 하지만 만족스러운 꿈을 꾸듯 그 남자를 향해 있었다.

할머니는 딸과 헤어지는 것이 손목을 잘라내는 것처럼 고통스러웠지만 고모가 붉은 치마에 녹색 저고리를 입고 결혼식을 올린 후 떠났기 때문에 마음을 다잡을 수 있었다. 어차피 아이를 데리고 가야 한다면 외국이 더 낫겠다는 생각도 들었다. 고모는 무슨 일이 있어도 1년에 한 번은 한국에 찾아오겠다고 약속했고, 할머니는 그 말을 굳게 믿었다.

"놀러와, 공주야."

고모는 내 뺨을 잡아당기며 말했다. 나는 볼이 아파서 눈물을 글썽거리며 웃었다. 아직도 그날 고모가 신었던 분홍색 꽃신이 기억난다. 나는 로저에게 고모를 부탁한다고 말하고 싶었지만 도무지 말이 통하지 않았다. 내가 옷을 잡아당기자 그는 "응?" 하고 나를 내려다보았다. 그리고 영어로 끊임없이 알아들을 수 없는 얘기를 해댔다. 지금 생각해보면 그때부터 그 작자를 의심해봤어야 했다. 어린아이가 알아들을 수 없는 말로 복잡한 소리나 해대다니. 나는 검은 머리를 단정하게 빗어올린 그 전봇대 같은 남자를 노려보았다. 그는 껄껄 웃으며 내 머리를 툭 치고 택시에 탔다. 노란 개나리가 곳곳에서 무리 지어 피어나는 계절이었다. 우리 가족은 골목길 끝에서 택시가 사라지는 모습을 바라보며 서 있었다. 아무도 쉽게 발을 떼지 못했다. 고모가 떠나고 우리집은 무덤처럼 조용해졌다. 뒤늦게 우리는 찬이의 울음소리가 얼마나 듣기 좋았는지를 돌이켜 떠올리곤 했다.

2000. 3. 16.

우주선 밖으로 나가서 일을 할 때엔 많은 장비가 필요해요. 아시겠지만, 우주에는 공기가 없기 때문에 어느 방향으로 한번 밀리기만 해도 멈추지 않고 계속 움직이게 되거든요. 그래서 우주유영을 할 때는 파트너와의 호흡을 조절하면서 장치들을 확인하는 걸 잊지 말아야 해요. 작은 실수 하나로도 영영 우주 미아가 되어버릴 수 있으니까요.

첫 유영을 나가던 날 저는 거대한 우주복 안으로 몸을 집어넣으면서 옆에 있던 동료 조엘을 쳐다보았어요. 그는 우주정거장에서 오랫동안 경험을 쌓은 비행사라 함께 선외 활동을 하게 되면 배울 게 많을 거라고 생각했죠.

조엘은 얼마 전 교통사고로 아내와 아이를 한꺼번에 잃는 비극을 겪었죠. 그때 그는 집에 아니 지구에 없었고, 장례식마저 참석하지 못했어요. 그런 일을 당하고도 꿋꿋이 다시 자원해서 임무를 수행해내는 모습이 존경스러웠죠. 실제로 그는 그렇게 끔찍한 일을 당한 사람처럼 보이지 않았어요. 옷차림도 단정했고, 인사를 하면 늘 미소 짓는 얼굴로 화답했죠. 단, 누구와도 말을 섞지는 않았어요. 말을 잃어버린 사람처럼 입을 다물고 혼자 지냈죠.

선외 활동을 하기 전, 제가 장비를 모두 착용하자 그는 저를 조용히 눈으로 훑어보더니 먼저 해치를 열고 밖으로 나갔어요. 저는 그를 따라 조심스럽게 허공을 향해 발을 내디뎠죠.

사람들은 우주유영을 무척 낭만적인 것으로 생각하지만 사실은 엄청난 육체노동이에요. 우선 우주복 때문에 온몸이 둔하고 갑갑한데다, 팔다리를 움직이는 데에도 아주 많은 힘이 들거든요. 물속에서 몸을 움직일 때를 생각해보시면 될 거예요. 옷을 스물아홉 벌쯤 겹쳐 입고 3미터 깊이의 수영장 바닥에서 걸어다니는 느낌과 비슷하죠. 저는 허리에 끈을 매달고 드라이버로 우주선 외벽의 나사를 조이고 있었는데, 자꾸 드라이버를 돌리는 쪽으로 몸이 같이 돌아가는 바람에 애를 먹었어요. 땀을 너무 많이 흘려서 헬멧 앞이 뿌옇게 흐려졌죠. 그래서 조엘이 이상한 행동을 했을 때에도 얼른 알아차리지 못했어요.

그는 허리에 묶은 끈을 풀어내고 있었어요.

'왜 저럴까.'

저는 제가 모르는 다른 유영 방법이라도 있는가보다, 하고 생각하며 그를 바라보았어요. 흘러내리는 땀 때문에 자꾸만 눈이 따끔거렸죠. 그래서 앞을 잘 볼 수 없었어요. 제가 다시 나사를 조이려고 막 몸을 돌리는 순간 허리의 끈을 다 풀어낸 조엘은 마치 계주에서 차례를 기다리는 사람처럼 몸을 웅크렸어요. 그리고…… 반대쪽으로 세게 몸을 밀어냈죠. 그는 검고 아득한 허공으로 막 튀어나가려 하고 있었어요. 저는 비명을 지르면서 그의 다리를 붙잡았어요. 조엘은 몸을 비틀면서 저를 바라보았는데, 순간 그 뿌연 시야 안에서 우주 끝보다 더 검고 텅 빈 그의 눈을 볼 수 있었죠.

지구로 돌아온 뒤 그는 우주비행사로서의 모든 자격을 박탈당했어요. 가끔 비행장 근처의 술집에서나 그를 만날 수 있었죠. 지저분한 수염에 술냄새로 찌든 옷을 걸친 조엘. 그는 저를 볼 때마다 한쪽 입술 끝을 올렸어요. 자신의 실수가 떠올라서였겠죠. 저는 그와 같이 술을 마시고, 종종 취해서 같이 잠들었어요. 우리는 이상한 친구가 된 거예요. 기쁠 때보다 슬플 때 생각나는 친구. 그래서 자꾸 볼 수밖에 없는 친구.

가끔 저는 꿈을 꿔요. 사방이 탁 트인 우주 속에서 거추장스러운 장비 없이 걸어다니는 저를 보는 거예요. 청바지와 티셔츠를 입은 저는 푸른 지구가 보이는 곳에서 빙글빙글 돌기도 하고, 통통 튀어오르기도 하죠. 두 발을 박차고 팔을 휘저으면 한없이 높은 곳으로 날아오를 수도 있어요. 엄마도 그런 곳이라면 아무런 두려움 없이 저와 함께 우주 속을 걸어다닐 수 있을 텐데요. 꿈에서 깨고 나면 갖고 있던 걸 뺏긴 것처럼 허허로운 마음이 되지만, 그래도 저는 멈추지 않고 다시 꿈을 꾸려고 이불을 끌어당겨요.

언젠가 우리가 우주라는 곳을 더 많이 알게 된다면 그런 일도 충분히 일어날 수 있겠죠. 엄마, 그땐 저와 같이 우주 먼 곳으로 산책을 나가요. 찬이도 함께. 그 어린것의 손을 잡고, 멀리멀리, 허공에 발을 까딱이면서.

오렌지 시티

나는 비행 내내 졸다 깨기를 반복했다. 잠에서 깰 때마다 독서등을 켜고 생각에 잠겨 있는 민이를 볼 수 있었다. 고개를 숙인 민이는 슬프지도 기쁘지도 않은 표정을 짓고 있었다. 완전히 텅 빈 표정. 자기 자신을 떠나버린 표정.

민이는 어릴 때부터 그랬다. 방금 전까지 나와 같이 쓰러질 것처럼 웃어대다가도 다음 순간 창밖을 보며 입을 다물어버리는 것이다. 마치 평생에 걸쳐 질문을 하는 것 같았다. 그애는 절대로 풀 수 없는 수수께끼를 지닌 아이처럼 체념한 채 살아가다가도 가끔은 의문을 풀고 싶다는 듯 똑바로 허공을 바라보았다. 그럴 땐 누구도 그애를 방해할 수 없었다.

나는 살짝 창문 덮개를 열어보았다. 캄캄한 하늘에 희부연 구름이 낮게 깔려 있었다.

"이것 좀 봐."

내가 일어난 것을 알아차렸는지 민이는 짐짓 밝은 목소리로 들고 있던 책을 펴서 소리 내어 읽었다.

"지상의 낙원, 오렌지 시티. 당신이 원하는 모든 것이 이곳에 있습니다."

플로리다 가이드북이었다. 사진 속에서 한 외국인이 바닷가의 그물침대에 누워 꽃무늬 셔츠를 펄럭이고 있었다. 나는 한숨을 쉬었다.

"먼저 고모부터 찾아야 될 거야."

"그건 일도 아니지."

민이는 내 어깨에 느긋하게 팔을 기대고 가이드북을 넘겼다.

"내가 워낙 길눈이 밝잖아. 도착하기만 하면 모든 일이 일사천리로 풀릴 거야. 임무 완수하고, 남는 시간 내내 실컷 놀자구."

그애는 이어폰에서 나오는 음악을 따라 머리를 까딱거렸다. 그때마다 머리카락에서 딸기 향기가 났다.

기내식 두 번에 간식 두 번을 먹고 틈틈이 졸다 깨던 우리는 열여섯 시간 만에 비행기에서 내렸다. 공항은 사람들로 붐볐다. 각국에서 온 외국인들이 끝도 없이 쏟아져나왔다. 우리는 입국 심사대의 길게 늘어선 줄 끝에 서서 겉옷을 벗었다.

창구 안에 앉아 있는 안경 낀 회색 눈의 여자는 내 말을 잘 알아듣지 못했다. 내가 더듬거릴 때마다 여자는 점점 더 미간을 찌푸렸다. 직업이 뭐냐는 질문에 학생이라고 대답하는데 들고 있던 옷에 자꾸 땀이 스몄다. 결국 한국행 비행기표를 두 번이나 보여주고 한국 집 주소, 전화번호까지 기입하고 나서야 겨우 심사대를 통과할 수 있었다. 마침내 공항 밖으로 나왔을 땐 무릎에 힘이 다 풀렸다. 햇빛이 쨍쨍해서 눈을 제대로 뜰 수 없었다. 후텁지근한 공기와 뜨거운 햇살이 피부 속으로 스며들었다.

"이것 봐!"

민이가 목청을 높이며 나를 잡아끌었다. 날렵한 렌터카 뒤로 야자수들이 도로를 따라 늘어서 있는 것이 보였다. 오픈카의 번호판에는 주황색 오렌지가 그려져 있었다.

앞좌석에 앉은 민이와 나는 지도를 들여다보았다.

"두 가지 길이 있어. 시가지를 통해서 가는 길, 한적한 시골을 지나가는 길. 시간은 시골길 쪽이 훨씬 더 오래 걸리고."

우리는 별 고민도 없이 시골길 쪽으로 차를 몰았다. 어쨌든 이것은 여행이었고, 반듯한 건물보다는 나무와 풀, 농촌 풍경 같은 것을 보고 싶었던 것이다. 하지만 얼마 지나지 않아서 그 생각이 완전히 잘못된 것이었다는 게 드러났다. '시골길'이라 부른 도로 옆으로 보이는 것은 끝없이 펼쳐진 초원과 한 시간에 한 채꼴로 보이는 농가뿐이었다. 날씨는 구름 한 점 없이 맑아 지평선 끝까지 닿은 하늘과 회색 도로밖에 보이지 않았다. 흙먼지가 날려 말조차 제대로 할 수가 없었다. 우리는 입을 다물고 그 구간이 끝나기만을 기다렸지만 아무리 달려도 풍경은 변하지 않았다. 지나가는 차도 한 대 없었다.

"한번 잘못된 선택을 하면 이렇게 난감한 상황이 된다니까. 이래서 중요한 결정을 할 땐 더욱더 신중하게 생각해봐야 돼."

"무슨 뜻이야?"

"별 뜻 없어. 뭐든지 함부로 결정을 내리면 안 된다는 거지. 기대와는 전혀 다른 결과가 따라오니까."

민이는 더 대꾸하지 않고 주머니를 뒤져 껌을 꺼냈다. 포장지를 벗긴 껌을 자기 입에 하나 넣더니, 곧장 두 개를 둘둘 말아서 내 입에 넣었다.

세 시간 동안 컴퓨터게임 화면 같은 길을 달린 우리는 지평선 끝으로부터 분홍색 기운이 올라오는 것을 무기력하게 바라보았다. 이제는 지도를 보는 게 더 혼란스러웠다. 다행히 얼마 안 가 작은 휴게소가 나타났다. 'MORPHINE'이라는 이름의 표지판을 세운 그 건물은 입구에 수십 개의 전구를 달아놓아 멀리서도 번쩍거렸다. 휴게소 앞에 무인 주유기계가 있었다.

"맥주 한 잔만 마시면 좋겠다. 입속이 먼지로 가득찬 느낌이야."

민이가 우는소리를 하며 문을 열었다. 순간 눈앞에 소란스럽고 어두운 내부가 펼쳐졌다. 안에 있던 사람들이 한꺼번에 우리를 쳐다보았다. 열댓 명의 낯선 눈동자와 마주치자 당황한 나는 비틀거리며 한 걸음 물러섰다. 담배 연기로 눈앞이 뿌옜다.

"어디 가?"

"잊기 전에 차에 기름 좀 넣고 올게."

주유 기계는 동전을 넣자 쉽게 작동됐다. 휘발유가 나오는 노즐을 잡고 있으려니 콸콸콸, 액체가 손을 통해 흘러가는 듯한 느낌이 들었다. 기계 앞 벽에는 포스터가 하나 붙어 있었는데, 홀터넥 드레스를 입은 섹시한 여자들의 그림이었다.

자세히 보니 한 여자의 코 밑에 콧수염이 덧그려져 있었다. 나는 포스터 앞에 가까이 다가가 그 여자를 골똘히 살펴보다가 멀리 떨어져서 다시 한번 바라보았다. 차가 한 대도 없는 고속도로는 텅 빈 무대처럼 조용했다.

다시 문을 열었을 때는 누구도 나에게 관심을 기울이지 않았다. 구석 테이블에서 민이가 손을 들어 보였다.

"베이컨햄버거랑 감자튀김 시켰어. 괜찮지?"

"응."

민이는 청재킷을 입은 민머리 남자에게 길을 묻고 있었다. 두꺼운 입술에 은은한 미소를 머금은 민머리는 설명을 하면서 민이의 어깨 쪽으로 고개를 숙였다. 그는 슬그머니 손을 올리더니 부드럽게 민이의 머리카락을 만졌다. 민이도 나도 놀랐다. 민이가 그를 마주보자 남자는 입가에 미소를 지우지 않으면서 고갯짓을 했다. 함께 나가자는 뜻인 것 같았다. 마침 음식이 나왔다. 남자는 작은 종이에 전화번호를 적어 민이에게 건네더니 자리에서 일어나 느릿느릿 걸어갔다.

"방금 그거……?"

내가 입을 열자 동시에 민이가 주먹으로 테이블을 탁 내리치며 나를 봤다.

"역시! 이 나라 사람들은 게이더를 갖고 있다는 말이 맞았어!"

"그래서? 같이 가기라도 하게?"

내가 묻자 민이는 픽 웃고는 햄버거를 집어들었다.

"그렇다는 거지 뭐."

배를 채우고 다시 길을 나섰지만 이미 한참 전에 길을 잘못 들어섰다는 걸 우리는 한 시간이 더 지나서야 알았다. 사방은 불빛 하나 없는 허허벌판이었다. 통째로 어둠에 잠긴 도로 위에서 자동차의 헤드라이트가 두 개의 빛기둥을 직선으로 내쏘았다.

"돌아가는 게 좋겠어."

우리는 유턴해서 MORPHINE으로 돌아갔다. 가까운 모텔이 어디냐고 묻자 허리가 50인치는 될 것 같은 바텐더가 코르크 마개 같은 손가락으로 두 블록 건너편에 있는 건물을 가리켰다.

그곳은 물이끼가 떠다니는 야외 수영장을 갖춘 싸구려 모텔이었다. 우리는 지출을 줄이자는 생각으로 트윈 룸 하나에 같이 들어갔다. 민이는 방문을 열면서 평생 동안 우리를 따라다닌 커플 의혹에 대한 시답지 않은 농담을 했다. 나는 웃지 않았다.

샤워를 하자 머리카락 사이에서 모래와 지푸라기가 씻겨 나왔다. 나는 젖은 머리를 수건으로 둘둘 말고 침대 위로 올라갔다. 편한 옷으로 갈아입고 자리에 누우니 몸이 녹아드는 것 같았다. 그럼에도 정신은 말짱했다.

민이는 샤워실에 있던 흰 가운을 입고 나왔다. 거울 앞에 앉은 그애는 목숨처럼 챙겨 다니는 다섯 개의 마사지 크림을 꺼내 바르고 지도를 들여다보았다. 천장이 낮아서 방이 꼭 굴속 같았다.

"저기. 궁금한 게 있는데."

나는 잠긴 목소리로 말을 걸었다. 민이는 머리를 매만지면서 건성으로 대답했다.

"응."

"이제 남자들과도 데이트하는 거야?"

민이는 잠깐 손을 멈추었다가 말없이 보디로션을 듬뿍 짜내어 팔다리에 꼼꼼히 바르기 시작했다. 창밖에서 시원한 바람이 불어왔다. 민이는 내가 누운 침대로 다가오더니 내 옆에 나란히 누웠다.

"그게 왜 궁금한데?"

"그때부터 모든 게 바뀔 테니까. 우리 둘 사이도 바뀔 거야."

민이의 발가락이 내 발가락에 와닿았다.

"그런 일은 없어, 절대로. 우린 영원한 친구야."

"정말 그럴까."

나는 수건을 머리에서 벗겨내고 침대 맡의 램프를 껐다. 나에게는 내 목소리가 차갑게 들렸다.

"절대로, 란 말은 하지 마. 신이 시험하면 어쩌려고 그래."

민이는 내 옆에서 꼼짝 않고 누워 있었다.

"이제 그만 잘 거야. 네 자리로 가."

민이는 구시렁거리며 자기 침대로 돌아갔다. 나는 이불을 목 끝까지 끌어올렸다. 침구는 깨끗하고 보송했지만 낯선 향기가 났다. 집에서 멀리 떠나왔다는 생각이 들었다.

아침에 본 모텔 내부는 생각보다 더 낯선 분위기였다. 벽은 짙은 하늘색과 강렬한 와인색으로 번갈아 칠해져 있었고 문손잡이는 금색이었으며 마룻바닥은 나뭇결이 다 보이도록 반짝거렸다. 전화기는 동그란 조개 모양이었는데 아무리 살펴봐도 다이얼을 찾을 수 없었다.

우리는 아침식사가 무료로 제공된다는 말을 듣고 식당으로 갔다. 하늘거리는 흰색 레이스 커튼을 젖히고 들어가자 식당 입구에서부터 빵냄새가 밀려들었다.

제일 먼저 눈에 들어온 것은 빵을 담은 거대한 바구니였다. 뷔페 테이블 위에 우유와 주스, 머핀, 도넛, 시리얼, 과일이 잔칫상처럼 풍성하게 펼쳐져 있었다. 배가 고파서 새벽부터 일어나 있었던 민이는 집게를 들고 정신없이 테이블 사이를 오갔다.

흰 티셔츠에 가죽조끼를 입은 뚱뚱한 백인 남자가 빠른 속도로 햄을 먹고 있었고 그 반대편에 앉아 느릿느릿 담배를 피우는 노파가 보였다. 나는 의자에 등을 기대고 앉아 창문 밖에 흔들리는 나뭇잎을 바라보았다. 따뜻한 빵에 버터를 발라서 한입 가득히 베어먹자 이상하게 가슴이 뛰었다. 마음에서 어떤 확신이 일어났다.

"오늘은 꼭 고모를 만날 수 있을 것 같아."

허겁지겁 시리얼을 삼키고 있던 민이가 고개를 크게 끄덕였다.

우리는 프런트에서 길에 대한 충분한 설명을 듣고 차를 출발시켰다. 들은 대로 얼마 안 가서 푸른 해안선이 펼쳐졌다. 에메랄드색 바다와 모래사장에서 노닥거리는 어린아이들, 느긋하게 선탠을 즐기는 외국인들이 차례로 스쳐지나갔다. 으리으리하게 지어진 커다란 저택들이 눈에 들어왔다.

"고모님이 어떻게 살고 계실지 생각해본 적 있어?"

운전을 하던 민이가 물었다.

"아니…… 도무지 짐작도 안 되는걸."

나는 창문에 이마를 대고 바깥의 풍경을 바라보며 말했다.

"만약에, 내가 찬이라면 어떤 쪽이 더 마음 아플까. 헤어진 엄마가 남편이랑 자식이랑 커다란 집에서 살아가는 쪽일까, 아니면 혼자 낡은 집에서 살아가는 쪽일까."

"글쎄."

"찬이는 고모를 미워해. 절대로 자기 엄마 얘기는 못 꺼내게 하거든."

"아무도 그애한테 너무하다고 말할 수 없을걸."

핸들을 잡은 민이의 손톱에 칠해진 투명한 분홍색 매니큐어가 은은하게 빛났다. 나는 인상을 찌푸렸다.

"이상하지? 그애는 정말 엄청난 울보였는데 우리집으로 돌아온 이후로는 절대 울지 않았어. 길을 가다 넘어져서 무릎에 심한 상처가 생겨도, 친구들이 엄마 없는 애라고 놀려도 안 울었지. 오히려 정말 의젓한 애로 자라줬어. 단단하고 멋진 남자애로."

"어쩌면 그게 엄마에 대한 복수일 수도 있어. 아무렇지 않은 척 더 잘 살아내는 거. 하지만 끝은 있을걸. 결국 견뎌내는 것뿐이니까. 그 녀석 언젠가는 두 배로 무너지고 말 거야."

갑자기 은색 아우디가 우리를 위태롭게 앞질러갔다. 민이는 클랙슨을 길게 두 번 울려대고는 시트에 머리를 기댔다.

"그애 마음이 지금처럼 잠잠해질 때까지 어떤 전쟁을 치렀을지 누가 알겠어."

나는 말없이 고개를 끄덕였다.

드라이브가 길어질수록 분명해지는 것이 하나 있었다. 그것은 우리가 꽤나 괜찮은 팀이라는 사실이었다. 어떤 사람과 좁은 공간에 오랫동안 함께 있으면 자연스레 알게 된다. 상대방과 내가 한 팀이 될 수 있는지 없는지를. 우리는 수십 년간 공유한 플레이 리스트를 재생시켰다. 둘이 같이 음악을 듣고, 가사를 따라 부르고, 몸을 흔들어댔다. 민이가 기어를 바꾸고 사이드미러를 조절하는 작은 동작조차도 내게는 너무나 익숙해서, 우리 사이의 공기에 파문을 일으킬 만한 것은 아무것도 없었다. 음악이 멈춘 뒤 침묵 속에서도 편안함을 느꼈다. 민이와 함께라면 영영 길을 헤매더라도 좋을 것 같았다.

민이가 수없이 많은 여자친구들을 갈아치울 동안 나에게는 남자친구가 한 명도 없었다. 주변 사람들은 모두 우리 둘이 사귀는 사이가 아닌가 고개를 갸웃거렸다. 민이의 여자친구들은 나를 찾아와 연애가 망가진 이유가 나 때문이라고 패악을 부렸다. 우리 둘이 아주 질 나쁜 거짓말을 하는 중이거나 아니면 백치라서 사귀는 줄 모르고 사귀는 중일 거라고 했다. 하지만 우리는 정말로 사귀는 사이가 아니었다. 손을 잡고, 어깨동무를 하고, 서로의 허리에 다리를 올리고 낮잠을 잘지언정, 선을 넘는 감정은 가져본 적이 없었다. 우리는 서로가 서로에게 무감각하다는 것을, 안전하다는 것을 알고 있었다. 하지만 정말 그런가? 나는 어떤 친구들과도 손을 잡거나 어깨동무를 하거나 상대방의 허리에 다리를 올리지 않는다. 만약 누군가 내게 그런 스킨십을 한다면 당장 내뺄 것이다. 전부 민이라서 가능한 것이었다. 그 사실을 왜 이제야 안 것일까.

나는 손에 얼굴을 묻었다.

"왜 그래?"

민이는 내가 우는 줄 알고 당황해서 길가에 차를 세우려고 했다. 나는 손바닥으로 얼굴을 가리고 소리를 질렀다.

"그냥 가! 멈추지 말고 제발 그냥 가!"

민이는 그렇게 해주었고, 덕분에 점심을 먹을 때쯤에는 나의 어지러운 감정들도 모두 사라져 있었다. 내가 아무 일 없었다는 듯 농담을 하자, 민이는 못 말린다는 듯 고개를 좌우로 흔들었다.

시내 중심지에 가까워지자 갖가지 테마파크가 나타났다. 우리는 디즈니랜드와 유니버설 스튜디오의 아류로 보이는 놀이동산을 수차례 지났다. 꽃을 주제로 한 테마파크, 동화를 주제로 한 테마파크, 색깔을 주제로 한 테마파크, 동물을 주제로 한 테마파크까지, 온 도시가 놀이공원이었다. 신경증에 가까운 그 축제의 공원들을 지나자 이제는 정말 시골길다운 좁은 길이 나타났다.

우리는 고불거리는 오르막길을 자동차로 한참 동안 올라갔다. 좁은 숲길 사이 멋진 외관의 건물들이 띄엄띄엄 나타났다. 차에서 내려 그 집들의 주소를 확인해본 나는 그제야 고모의 주소에 번지수가 없다는 것을 알아차렸다.

"이제 어떻게 하지?"

민이가 눈을 감으면서 신음을 내뱉었다. 나는 비교적 덤덤한 목소리로 말했다.

"주소를 보면 여기 근처인 게 분명하잖아. 한국 사람이 그렇게 흔하지도 않을 거고. 이제부터 조금만 발품을 팔면 될 거야."

처음에 그 생각은 별로 어렵지 않은 것처럼 보였다. 하지만 집들은 대부분 비어 있었고 소리를 질러도 누구 하나 내다보는 사람이 없었다. 거대한 대문 위로 보이는 높은 층고의 건물과 하얗게 빛나는 테라스가 낯설게 느껴졌다. 고모는 정말 이런 집에 사는 걸까? 우리는 점점 더 길 안쪽으로 들어갔다. 그럴수록 저택들의 간격이 넓어지고 인적도 뜸해졌다. 멀리서 새 우는 소리만 들렸다.

오후가 되자 민이와 나는 둘 다 더이상 한마디도 못할 만큼 지쳐버렸다. 플로리다가 자랑하는 뜨거운 태양이 하루의 마지막 열기를 내뿜고 있었다. 땅 전체가 이글거렸고 갈증 때문에 현기증이 났다. 다시 차로 돌아갈 기력도 남아 있지 않다고 느낄 즈음, 50미터쯤 떨어진 하얀 벽돌집의 육중한 철문이 열렸다.

"¿Que pasa?"

앞치마 달린 유니폼을 입은 히스패닉계 여자가 나와 뭐라고 말했지만 무슨 뜻인지 알아들을 수가 없었다.

"¿Eres coreano? ¡Venga aqui!"

여자는 같은 말로 몇 번이고 소리쳤다. 나는 고개를 좌우로 흔들면서 어깨를 으쓱해 보였다. 민이는 귀를 가리키면서 못 알아듣겠다고 영어로 외쳤다.

여자는 손을 크게 휘저으며 안으로 들어오라는 시늉을 했다. 우리는 기꺼이 그녀를 따라갔다.

그 집은 스페인식 파티오까지 갖춘 3층짜리 저택이었다.

박물관 같은 현관 입구에 들어서자 땀이 식으면서 기운이 빠졌다. 말 위에 탄 긴 머리의 여인 동상이 전시대 위에서 조명을 받으며 빛나고 있었다.

"우리가 제대로 온 것 같은데."

민이가 한쪽 벽을 가리키면서 말했다. 거기에는 시화 한 점이 액자에 걸려 있었다. 한글로 적힌 백석의 「고향」이었다.

문을 열어준 메이드는 엄마와 비슷한 연배로, 다리를 조금 절었다. 그녀는 우리가 내미는 주소를 가만히 들여다보더니 액자를 가리켜 보이며 빠르게 스페인어로 중얼거렸다. 그리고 우리를 거실의 소파에 앉히더니 부엌으로 갔다. 나는 푹 파묻힐 것 같은 흰색 가죽소파에 앉아서 되도록 정신을 똑바로 차리려고 애를 썼다. 주위에 보이는 것은 온통 크고 번쩍이는 것들뿐이었다. 극장 스크린만한 TV와 과감한 곡선을 그리고 있는 금속 테이블, 값비싸 보이는 도자기 컬렉션들. 실내에는 에어컨 바람 대신 바깥에서 불어오는 시원한 바람이 통하고 있었고, 어디선가 조그맣게 첼로 연주곡이 들려왔다. 메이드는 신기할 정도로 영어를 잘 못했다. 우리는 몸짓 발짓으로 겨우 의사소통을 할 수 있었는데, 그녀는 우리가 이곳에 머물기를 원한다는 것 말고는 제대로 알아들은 게 없는 듯했다.

메이드는 우리에게 시원한 레모네이드를 가져다주었다. TV를 틀어주고, 패션 잡지도 가져다주었다. 민이는 리모컨을 이리저리 돌리더니 MTV 채널을 찾아냈다. 내가 화장실에 가겠다며 자리에서 일어서자, 메이드가 금세 따라붙어 안내했다. 그렇게 하지 않으면 제자리에 돌아올 수도 없을 만큼 집안 구조가 복잡했다. 화장실에 들어간 나는 입을 딱 벌렸다.

진주색 타일로 장식된 그 공간은 응접실이나 휴식 공간이라는 이름이 더 어울리는 곳이었다. 커다란 문을 열고 들어서자 장미꽃 향기가 났다. 바닥은 조약돌과 난초로 장식되어 있었고 중앙의 커다란 유리 볼 안에서는 금붕어들이 헤엄치고 있었다. 스피커가 연결되어 있는지 화장실 안에서도 첼로 소리가 들렸다.

나는 손을 씻으며 배우들의 것처럼 조명이 달린 커다란 거울을 바라보았다. 그리고 조심스레 거울 옆에 달린 문의 손잡이를 당겨보았다. 그 안에 펼쳐진 세계는 샤워라는 행위를 예술로 만드는 물질들, 온몸이 누릴 수 있는 모든 향기와 부드러움을 총집합시킨 하나의 장이었다. 나는 크림 하나에 수십만원이 넘는 브랜드의 앙증맞은 병 디자인을 바라보다가 조용히 수납장의 문을 닫았다. 복도를 걸어나오는데 가슴이 답답했다. 숨을 크게 쉬면서 거실로 돌아오자 민이가 손짓을 해댔다.

"지금 막 누가 들어왔어."

현관 쪽에서 두런거리는 소리가 들려왔다. 발소리가 가까워지고, 높은 옥타브의 목소리, 커다란 웃음소리가 들렸다. 나는 화려한 옷차림을 한 동양 여인을 기대하고 목을 길게 뺐다. 하지만 다음 순간 내 눈앞에 나타난 사람은…… 빛이 나는 것 같은 붉은 머리카락을 가진 거인이었다. 나는 조금 멍해져서 그 커다란 사람, 문 앞의 동상처럼 거대한 여자가 녹색 눈동자를 깜빡거리는 것을 바라보았다. 여자는 내가 본 중 가장 뚱뚱한 사람이었다. 여자가 들어서자 그 대저택의 거실조차도 그리 넓어 보이지 않을 정도였다. 그녀는 민이가 내민 편지를 보고는 흥분한 목소리로 말했다.

"이건 순이 주소야. 너희들이 누군지 알겠다. 세상에, 정말 잘 찾아왔어!"

그녀는 메이드에게 스페인어로 무슨 말을 했다. 길을 헤매던 우리를 집에 들인 것에 대해 고맙다고 하는 것 같았다. 박수를 치며 팔짝팔짝 뛰는데 도자기들이 흔들릴 정도였다. 요란하기로 둘째가라면 서러운 민이조차도 입을 다물지 못했다. 가만히 보고 있는 것만으로도 에너지가 전달되는 여자였다. 그녀는 백석의 시 앞으로 우리를 데려가서는 그것이 고모가 준 선물이라고 했다. 붓펜으로 반듯반듯하게 쓴 글씨체가 가만 보니 정말 고모의 것이었다.

"내 이름은 레이철이야. 순이가 내 이야기를 한 적 없니?"

나는 뭐라 대답해야 할지 몰라 흐리게 웃어 보였다. 여자는 우리의 이름을 익히 들어 알고 있다고 했다. 고모가 우리에 대해서까지 이야기했다는 것이 놀라웠다.

레이철은 자기가 직접 우리를 고모에게 안내하겠다며 앞장섰다. 바깥은 어느새 어두워져서 가로등이 켜져 있었다.

"순이는 휴대폰이 없거든. 이럴 때야말로 정말 필요한 건데."

레이철이 조수석에 앉자 차가 한쪽으로 기우는 것이 분명히 느껴졌다. 그녀의 안내에 따라 우리는 한참 동안 길 안쪽으로 더 들어갔다. 주택이 더이상 보이지 않고 나무가 울창하게 우거진 숲길이었다. 가로등도 사라져 앞을 잘 분간할 수 없었다. 그때 레이철이 바로 여기라고 소리를 질렀다. 주위가 너무 캄캄해서 집이 한 채 있고 단층으로 지어진 목조 건물이라는 것밖에 알 수 없었다. 안에는 사람이 아무도 없었다. 레이철은 그 집 열쇠를 가지고 있었는데, 우리는 그것을 받지 않기로 했다. 손님이니 집 앞에서 좀더 기다리겠다고 하자 그녀는 어깨를 으쓱해 보였다. 어차피 곧 고모가 올 시간이라고 했다. 그리고 휴대폰으로 전화를 걸어 유창한 스페인어로 무언가를 지시했다. 잠시 후에 메이드가 레이철의 차를 몰고 왔다. 그녀는 활짝 웃으면서 우리를 끌어안고, 고모를 만나러 온 걸 환영한다고 말했다.

"오래 있다가 가. 아주 오래. 여기 머무는 동안 우린 또 볼 일이 있을 거야."

그녀가 떠나자 금세 주위가 허전해졌다. 뭔가 다정하고 커다란 존재감이 사라진 것 같았다. 나는 하릴없이 숲의 밤공기를 들이마시며 하늘을 바라보았다. 희미하게 별이 떠오르고 있었다.

"그거 알아?"

자동차 불빛에 고모의 편지를 비춰보던 민이가 말했다.

"룸메이트라고 썼던 레이철이야. 오렌지 셔벗을 가져다준 친구. 구 남친을 요리해 먹겠다고 했던."

숲에서 불어온 바람에 나는 살짝 몸을 떨었다.

"룸메이트였던 것치고는 생활 격차가 너무 큰데."

나는 눈앞의 오두막과 레이철의 저택을 떠올리며 말했다. 주변 공기가 몹시 적막했다. 나는 민이 옆으로 가 같이 쪼그리고 앉았다. 그러고 있으니 엄마를 기다리는 배고픈 오누이라도 된 기분이었다. 그렇게 얼마나 시간이 흘렀을까.

"누구? 은미니?"

갑자기 말소리가 들려왔을 때 민이는 너무나 놀라서 뒤로 넘어지고 말았다. 어디에서도 자동차가 다가오는 불빛이나 소리가 느껴지지 않았던 것이다. 고개를 돌려보았지만 사방이 온통 희미하고 캄캄해서 아무것도 보이지 않았다. 순간 구석에서 한 형체가 조심스럽게 다가오는 것이 느껴졌다. 자동차 불빛 때문에 눈이 부셨다. 나는 눈을 가늘게 떴다.

"은미 맞지?"

한 손으로 빛을 가리며 나타난 사람은 고모, 16년 만에 만나는 순이 고모였다.

"고모!"

나는 소리를 질렀다. 고모는 멍하니 이쪽을 바라보다가 다음 순간 손에 든 것을 집어던지고 나를 향해 달려왔다. 우리는 미친 사람처럼 서로를 끌어안고 빙글빙글 돌며 뛰었다. 아무 말도 없이 그렇게 한참을 몸부림치며 비명을 지르고 나서야 우리 둘 다 울고 있다는 것을 알았다.

2001. 8. 16.

오랫동안 우주정거장에서 생활했던 사람들은 지구로 귀환한 뒤에도 후유증 때문에 여러 가지 우스꽝스러운 일들을 겪죠. 무중력상태에 적응했던 몸이 일상으로 돌아오는 데 따른 문제들인데, 원래대로 돌이키기가 생각처럼 쉽지 않아요. 아폴로12호의 선장 찰스 콘래드는 지상으로 귀환한 뒤에 유리컵을 스물일곱 개나 깨뜨렸다는 기록을 남겼죠. 우주정거장 생활을 오래한 사람들은 무심코 공중에 물건을 놓아버리고는 바닥에 떨어진 그것을 망연히 바라보곤 해요. 마법이 끝났다는 걸 믿을 수 없다는 듯이 말이죠.

국제우주정거장 안으로 들어가보면 누구나 거기가 어디인

지 다시 한번 의심하게 될 거예요. 그곳은 도저히 그 멋진 이름에 어울리는 공간으로 보이지 않거든요. 여기저기 온통 케이블 천지에, 벽에는 온갖 종류의 종이쪽지가 붙어 있고 컴퓨터와 제어장치, 수천 개의 스위치, 모니터들로 가득하죠. 확성기에서는 온갖 국적의 음악이 흘러나오고 본부와 연결된 마이크에서는 기계 소리가 정신없이 삑삑 울려요. 마치 전체가 하나의 커다란 기계실처럼 보이죠. 사방을 아무리 둘러봐도 그냥 내버려둔 공간은 찾아볼 수 없어요.

처음에 저는 무엇보다도 사람들이 공중에 떠다니는 것에 충격을 받았어요. 무중력에 대해서 모르진 않았지만 단순히 아는 것과 실제로 보는 것에는 큰 차이가 있었죠. 사람들은 누운 채로 천장을 짚으면서 나타나고, 거꾸로 서서 인사를 해댔어요. 바닥을 딛고 걸어다니는 사람은 아무도 없었죠. 복도를 슈퍼맨처럼 휙 날아서 지나가고 공중제비를 도는 동료들 사이에서 저는 어떻게든 방향감각을 찾으려고 애썼어요. 그들은 필요 없는 것들을 대부분 천장으로 띄워놓아서 물건들이 구름처럼 제 머리 위를 스쳐지나가곤 했어요.

"충돌의 위험이 생기면 벽의 손잡이를 잡고 멈춰 서야 해요. 또, 다른 사람이 식사중일 때는 발이 그 사람을 향하지 않도록 해야 합니다."

6년간 우주정거장에 머물러온 멕시코인 선장은 두 가지 주의사항을 말해주었어요. 말을 하는 동안에도 공중에 그의 머리카락이 둥둥 떠올랐죠.

잠을 잘 땐 매트에 누워서 허리에 벨트를 채워야 했어요. 수면에 방해가 되지 않도록 벨트는 조금 느슨하게 맸는데, 그러면 어김없이 바닥으로부터 미세하게 몸이 떠오르는 것이 느껴졌어요. 처음엔 도무지 그런 것에 익숙해지지 않았죠. 생각해보면 저는 언제나 주변으로부터 잡아당겨지는 힘으로 살아왔으니까요. 그런데 이제 저를 끌어당기는 것은 아무것도 없었고, 둥둥 떠오른 저는 몸을 가라앉히려고 애를 쓰고 있었어요.

하지만 시간이 지나면서 많은 것들이 수월해졌죠. 점차 어색함을 느끼는 횟수가 줄었고 뭐든지 허공으로 떠오르는 상황에 익숙해졌어요. 차츰 여유가 생기자 공중에 띄운 카스텔라를 손을 쓰지 않고서도 맛있게 베어먹을 수 있게 되었죠. 허공에서 가부좌를 틀고, 떠오른 물방울과 장난을 치면서 양치질을 하기도 했어요. 저는 곧 몸이 땅에 닿지 않아도 잠을 이룰 수 있었어요.

우주정거장에서 집으로 돌아온 뒤 제가 제일 먼저 한 일은 커피잔을 하나 깨뜨린 것이었어요. 실수가 아니라, 의도적인 행동이었죠. 그것은 제가 건너온 것을 기념하는 하나의 축하 의식이었어요. 그게 어떤 다리인지는 모르지만 무엇이든 제가 그것을 건너온 것만은 분명했죠.

구운 마시멜로

1

집안의 조명은 그리 밝지 않았다. 그나마 부엌의 램프가 조금 환한 편이라서 나는 자꾸 고모를 그 아래 끌어다 앉혔다. 커다란 키에, 길고 곧은 목, 쌍꺼풀 없이 큰 눈, 장난스러운 표정과 도톰한 입술까지, 고모는 중년으로 넘어가는 와중에 조금 살이 붙었을 뿐 예전 모습 그대로였다.

"이게 무슨 일이야. 도깨비 둘이 나타난 것 같아."

고모는 부엌과 거실을 정신없이 오가며 중얼거렸다.

"네가 이만큼이나 크다니. 언제 이렇게 아가씨가 돼버렸어?"

고모가 볼을 잡아당기자 나는 어깨를 움츠리며 웃었다. 고모는 또 눈을 동그랗게 뜨고 민이의 얼굴을 바라보았다.

"세상에! 내가 이럴 줄 알기는 했지만 얘, 너는 영화배우 해도 되겠다. 이 콧날 좀 봐."

"고모님, 여기, 이 호수 같은 눈도요."

민이가 너스레를 떨자 고모는 그애와 나를 한 팔에 끌어안으며 깔깔거렸다.

고모가 밥을 짓는 동안 민이와 나는 짐을 풀었다. 목적지에 도착했다는 안도감이 들자 가슴에 달고 있던 묵직한 추를 떼어낸 것 같았다.

우리는 고모가 갓 지은 냄비 밥에 할머니가 싸준 마른반찬만으로 저녁을 먹었다. 고모는 고추장에 밥을 비벼 먹으면서 맛있다, 정말 맛있다, 되뇌었다. 가족들의 안부를 묻는 말에 최대한 자세히 그간의 이야기를 전하려고 했지만 드문드문 기억나는 단편적인 사건들로는 설명할 수 있는 게 얼마 없었다. 할머니로부터 비밀리에 고모가 잘 지내고 있는지 확인하고 오라는 특명을 받았다고 전하자 고모는 어린아이처럼 웃었다.

"엄마는 정말 못 말려."

고모의 눈이 순수한 기쁨으로 반짝거렸기 때문에 나도 마음놓고 따라 웃을 수 있었다. 우리를 대하는 고모의 행동 어디에서도 거리낌이 느껴지지 않았다. 민이는 쇼핑 목록을 꺼내서 고모에게 자문을 구했다. 고모는 한동안 말없이 그 리스트를 보더니 민이의 어깨를 두드리며 어느 거리로 가는 게 좋을 거라고 말해줬다. 나는 고모가 눈치채지 못하게 집안 구석구석을 살펴보았다. 주변에는 온통 오래되고 낡은 물건들뿐이었고, 어디에도 다른 동거인이 있다는 흔적은 없었다.

"이렇게 갑자기 들이닥치다니. 하긴, 온다고 하면 말렸을 거야. 그냥 오길 잘했다."

고모는 히죽거리면서 커피를 끓여왔다. 머그컵은 모양이 모두 제각각이었고 고모가 자기 앞으로 내려놓은 컵엔 선명하게 금이 가 있었다.

"디저트가 없는데. 내가 요즘 다이어트중이거든."

고모는 난감한 듯 중얼거리더니 갑자기 뭔가 떠오른 듯 찬장으로 달려가서 그릇들 사이를 더듬거렸다.

"다행이다. 이게 있었네."

고모가 가져온 것은 ESA유럽우주기구의 로고가 새겨진 미니 초콜릿 바였다. 나는 바로 지금이 고모의 편지에 대해 말을 꺼낼 때라고 생각했지만, 고모가 너무 태연히 초콜릿을 씹어

먹고—다이어트중이라면서—있었기 때문에 입을 열지 못했다. 만나자마자 진실을 털어놓으라고 몰아세울 수는 없는 노릇이었다.

얼굴에 마스크팩을 붙인 민이가 잠자리에 들자 고모와 나는 단둘이 좀더 시간을 가질 수 있었다. 하지만 남은 밤에 우리가 나눈 대화는 기대했던 것만큼 극적이지는 않았다. 시답잖은 이야기를 하며 낄낄거리면서도 '찬이'와 '고모의 편지'에 대한 얘기는 건드리지 않았던 것이다. 우리는 그것들이 물러나 있는 지점을 정확히 의식하고 있었지만 누구도 먼저 나서서 끌어오지 않았다. 무엇보다도 찬이에 대해서라면, 먼저 말을 꺼내는 쪽이 고모라야 한다고 생각했다.

"기자 시험에서 내가 총 몇 번 떨어졌는지 알아? 이름도 잘 모르는 언론사까지 합해서 마흔세 번. 자기 소개서를 지금껏 마흔세 번 고쳐썼다는 뜻이야."

나는 누구에게도 터놓은 적 없던 속내를 고모 앞에서 고해성사하듯 털어놓았다.

"신기한 게, 마흔세 번 실패했다는 사실이 자기 소개서에서도 보여. 스스로도 자신이 없는 거지. 내가 누군지 나도 모르겠는데 대체 뭐가 되겠어."

고모는 초콜릿을 앞니로 갉아먹으며 고개를 끄덕이기만

했다. 뭔가를 생각하거나, 아니면 초콜릿 맛을 음미하는 표정이었다. 왠지 후자에 더 가까워 보였다.

"지금 내 얘기 듣고 있는 거야?"

고모는 머그컵을 내려놓으면서 고개를 저었다.

"아니, 내일 아침에는 뭘 먹이나 생각하고 있었어."

"뭐라고?"

"미안, 그런데 네 상황이 내가 생각했던 것과 다르지 않아서 말이야."

잘 드는 칼이 순식간에 배를 스치고 지나간 기분이었다. 고모는 날 보고 씩 웃었다.

"문득 너를 떠올리면 꼭 이렇게 살고 있을 것 같았어. 넌 평범한 애가 아니었으니까. 평범하지 않다는 건 평범한 세상에서 안정을 못 찾고 헤맬 수밖에 없다는 뜻이잖아. 취준생 백수라니, 내 생각과 딱 들어맞았잖아?"

얼빠진 표정을 짓는 내 앞에서 길게 하품을 한 고모는 오늘은 이만 자자며 자리에서 일어났다. 고모는 방에 들어갔다가 다시 문을 열고 나오더니, 고개만 빼고 나를 빤히 바라봤다.

"왜?"

내가 부루퉁하게 묻자 고모는 눈을 비비면서 말했다.

"정말 여기 있는지 확인하려고."

"여기 있어, 다 포기한 취준생 백수."

고모는 다시 들어가 문을 탁, 닫더니 잠시 후 그 안에서 소리를 질렀다.

"넌 포기한 거 아니야. 잠깐 쉬는 거지."

할머니께 전화를 한 통 드리면 좋겠다고 생각했지만 고모 집에는 전화기도 없었다. 옷을 갈아입고 자리에 누웠을 때 제일 먼저 떠오른 생각은 고모가 우리에게 '왜 왔냐'고 묻지 않았다는 것, 그리고 '언제까지 있을 거냐'고도 묻지 않았다는 사실이었다. 긴 시간이 지났는데도, 고모는 한눈에 나를 알아보았다. 그것이 우리가 여전히 하나로 묶인 가족이라는 느낌을 주었다.

2

다음날 아침 나는 새소리에 잠에서 깼다. 눈을 뜨고도 한참 동안 어리둥절해서 이게 무슨 소리인가 침대에 엎드린 채 귀를 기울였다. 창문을 열자 나무 위의 새들이 푸드득 날아올랐다. 하지만 새소리는 그치지 않았다. 갖가지 음정이 한데 어우러져 화음을 만들어냈다. 숲 한가운데 있는 기분이었다. 나는 이불을 젖히고 기지개를 쭉 켜면서 밖으로 나왔다.

아직 아무도 일어나지 않았는지 거실은 무척 조용했다. 햇빛이 지난밤의 어둠을 보상하듯 집안으로 쏟아져들어오고 있었다. 나는 냉장고에서 꺼낸 차디찬 물을 한 컵 마시며 주위를 둘러보았다. 거실의 가구들은 빛이 바랬지만 오래된 골동품처럼 아름다운 것들이었다. 탁자 위에 메모가 한 장 놓여 있었다.

'일 때문에 먼저 나감. 뭐든지 뒤져서 찾아 먹을 것. 늦지 않겠음.'

안락의자에 앉아서 그 쪽지를 보고 있을 때 민이가 나타났다.

"일어났냐?"

민이는 벌써 외출 준비를 다 해놓고 있었다.

"고모님이 아침 만들어놓으셨어. 얼른 먹고 나가자."

"어딜?"

민이는 립글로스를 바르면서 거울로 나를 바라봤다.

"오늘 하루종일 집에만 있으려고?"

"별로 의욕이 없어."

나는 무릎이 튀어나온 추리닝을 질질 끌면서 민이를 지나쳐 소파에 가서 앉았다.

"나가면 할머니께 전화나 한 통 드려줘."

민이는 제 몫의 토스트를 손에 들고 현관문을 나서면서 "그럼 차는 내가 가져간다!" 하고 소리질렀다. 그애가 집을 나가면서 문을 활짝 열어놓았기 때문에 등뒤로 햇살이 와닿았다. 나는 한참 동안 어깨가 따뜻해지는 것을 즐기고 있다가 느릿느릿 문을 닫으러 갔다. 문 앞에 섰을 때, 순간 두 눈이 감겼다. 바깥 풍경은 어제와 전혀 다른 세상처럼 빛나고 있었다. 닫으려던 문을 더욱 활짝 연 나는 슬리퍼를 신고 밖으로 나갔다.

집밖은 어젯밤 우리가 지나온 길이라고는 믿기지 않을 만큼 생경했다. 아름드리나무들이 저 먼 숲속까지 이어져 있고 높은 키의 풀들이 여기저기 무성했다. 작은 돌로 울타리를 만들어놓은 화단에는 제라늄이 무더기로 피어 있었다. 들꽃들이 그 사이 드문드문 섞여 무지갯빛을 이루었다.

집을 빙 둘러 가자 텃밭이 나왔는데 토마토, 고추, 상추, 그 밖의 먹을거리들이 종류별로 심어져 있었다. 지극한 정성을 들이지 않으면 안 될 정도의 규모였다. 나는 그 앞에 쪼그리고 앉아 멀리 보이는 능선과 그 사이 가시처럼 빽빽이 들어선 나무들을 바라보았다. 주변에는 다른 집도 사람도 없었다. 어딘지 알 수 없는 곳에서 새들이 짹짹거릴 뿐이었다. 나는 자리에서 일어나 지은 지 500년은 넘었을 것 같은 그 집에서 열 걸음쯤 물러섰다. 그리고 이리저리 고개를 돌려보며, 고모가 보낸 지난 16년의 세월이 어떤 색깔을 띠고 있는지 이해해보려고 애를 썼다.

다시 집안에 들어온 나는 본격적으로 그 공간을 살펴보기 시작했다. 할머니의 심부름을 수행하는 중이라는 명목이 양심의 가책을 조금 덜어주었다. 물건을 꺼내서 살펴본 뒤엔 무조건 제자리에 돌려놓아야 했기 때문에 엄청난 집중력이 필요했다. 나는 소매를 단단히 걷어붙이고 차근차근 그 집을 살펴보았다.

천장이 높은 그 집에는 다섯 개의 방이 있었다. 각각의 방은 매우 좁았고, 얇은 베니어판으로 공간을 나눈 것이 눈에 띄었다. 고모 전의 집주인은 아마도 대가족이거나 친구가 많은 사람이었을 것이다. 지금 고모는 자신의 침실과 서재를 뺀 나머지 방을 손님방이나 창고로 쓰고 있었다. 손님방에는 침대와 협탁 말고 별다른 게 없었다. 창고에는 안 쓰는 물건들과 낡은 가구, 철 지난 옷들, 그리고 커다란 이민 가방 몇 개가 있었다. 나는 그것들을 그냥 지나치지 못하고 한참 동안 바라보았다. 그것들은 고모가 한국을 떠날 때 가지고 온 가방들이었다. 인생을 전부 담아 넣을 수도 있을 만큼 거대한 가방. 그 위에는 먼지가 뽀얗게 내려앉아 있었다.

고모가 쓰는 침실은 손님방의 단정한 분위기와는 많이 달랐다. 그 방은 한마디로 혼잡한 취향의 집대성이었다. 레이스와 망사, 순면과 호피무늬 인조피혁, 얼룩말이 그려진 베개와 분홍색 새틴으로 된 커튼까지 어울리지 않는 사물들이 한자리에 모여 장난스럽고 따뜻한 인상을 줬다. 베개와 이불은 그다지 단정하게 정리되지 않았고, 햇빛 사이로 부유하는 먼지들이 보였다. 협탁에는 동판화 한 점이 놓여 있었는데, 흑인 노예가 두 개의 물동이를 지고 산기슭을 올라가는 장면을 부조한 것이었다. 흑인 노예의 몸은 탄탄하고, 길고, 날렵해 보였다. 나는 알 수 없는 끌림에 한동안 그 작품을 바라보다가 서둘러 자리에서 일어나 그 방에서 나왔다.

서재에는 많은 종류의 책이 있었다. 그중에서도 우주과학에 관련된 서적이 제일 많이 눈에 띄었다. 책들은 몇 번씩 손을 탄 것처럼 낡아 있었다. 밑줄이 가득한 그 책들의 곳곳에는 고모의 아이디어들—우주 내 철로 건설과 산소공급장치에 관한 낱장의 메모들—이 붙어 있었다. 한쪽 벽면에는 우주항공기 모양의 와펜이 붙은 견장들이 매달려 있었고 레이철과 찍은 사진을 넣은 액자도 보였다.

책상 서랍 속에는 뭐가 뭔지 잘 알아볼 수도 없는 전문용어로 된 서류들이 가득 들어 있었다. 그 제일 깊은 곳에 반질반질한 종이상자가 하나 보였다. 나는 그것을 끌어당겨 조심스럽게 열어보았다.

상자 안에 담긴 것은 남자아이의 운동화였다. 서너 살짜리 남자애들이 신고 걸음을 뒤뚱거릴 것 같은 그 운동화는 방금 전에 벗어놓은 것처럼 흙이 묻어 있었다. 밑창을 만져보자 물기 하나 없는 모래가 손안에서 바스러져버렸다. 나는 운동화를 조심스럽게 제자리에 다시 넣었다.

"누구 있어요?"

밖에서 들리는 소리에 나는 허둥지둥 방에서 빠져나왔다.

거실 한가운데 서 있는 사람은 커다란 키의 레이철이었다. 풍성한 붉은 머리의 그녀는 환하게 웃으면서 음식을 좀 가져왔다고 손을 흔들어댔다.

레이철은 고모가 우리만 두고 나갔다는 말을 듣고 식사를 챙겨주러 왔다며 부엌으로 들어갔다. 메이드가 전부 만들었고 자신은 포장만 도왔다면서 식탁에 볶은 고기와 토르티야를 올려놓았다. 그녀가 몸을 움직일 때마다 바닥과 식탁이 흔들거렸다.

점심때가 된 줄 몰랐는데 시계를 보니 1시가 넘어 있었다. 나는 떠나려는 레이철을 붙잡고 같이 식사를 하자고 청

했다. 그녀는 잠시 멈칫하더니 고개를 끄덕이고, 우아한 몸짓으로 자리에 앉았다. 식탁 앞에 앉아 마주 바라보자 레이철은 조금 부끄러워했다. 우리는 쉬운 영어로 대화를 띄엄띄엄 이어나갔다. 이야기가 조용히 오가는 가운데 레이철은 자신이 한때 이 집에 살았었다는 말을 했다. 알아듣지 못하는 단어들 사이에서 'suicide'라는 말이 정확하게 들렸고, 나는 "suicide?"라고 되물었다. 레이철은 웃으면서 고개를 끄덕였다.

10년 전쯤 그녀는 단단한 밧줄을 들고 집에서 나와 숲 안쪽으로 들어왔다. 그녀는 그 근처의 나무들 중 자신의 몸무게를 감당할 만한 것이 있는지 보려고 위를 올려다보며 걷는 중이었다. 날씨가 추웠고 나무들은 키가 몹시 컸기 때문에 목이 아팠다. 잠깐 고개를 내렸을 때 어디선가 희미하게 불빛이 보였다.

모닥불 앞에 앉은 동양 여자는 레이철을 보고 조금도 놀라지 않았다. 여자는 레이철에게 가까이 오라고 손짓을 했다. 레이철은 망설이다가 조심스럽게 그 곁으로 다가갔다.

혼자서 모닥불에 감자와 마시멜로를 구워먹고 있던 고모는 레이철에게 꼬치 한 개를 건네주었다. 엉거주춤 그것을 받아든 레이철은 자리에 앉아 타닥타닥 소리를 내며 타는 장작을 바라보았다. 라디오에서 음악이 나오고 있었고 모닥불은 생각보다 따뜻했다. 레이철은 이내 콧물을 흘리면서 구운 마시멜로를 먹기 시작했다. 언 몸을 녹이는 뜨겁고 달콤한 맛이었다. 순식간에 하나를 다 먹은 그녀에게 고모는 한 개를 더 내밀었다.

"천천히 먹어. 음식은 많거든."

고모는 레이철의 무릎에 담요를 덮어주고 그녀에게서 밧줄을 건네받았다. 그후로 몇 달간 레이철은 고모의 집에서 같이 살았다고 했다.

"그녀는 좋은 사람이야."

레이철은 음식을 내게 덜어주면서 말했다.

"그녀를 만난 것은 이번 생에 내가 받은 두 개의 축복 가운데 하나지."

"나머지 하나는 뭔데요?"

내가 묻자 레이철은 행복한 미소를 지으면서 말했다.

"지금의 나를 만난 것."

민이는 늦은 오후가 되어서야 옷과 모자, 가방과 신발이 든 종이백을 한가득 안고 들어왔다.

"물건이 얼마나 많은지 봐도 봐도 끝이 없는 거야. 오늘부터 14번가를 천사의 골목이라고 부를 거야. 상인들도 어찌나 친절한지, 눈물날 뻔했어. 내 몸에 딱 맞는 옷을 입는 기분이라니. 죽어서 천국에 온 것 같았다니까."

"무슨 근거 없는 자신감? 넌 네가 죽어서 천국에 갈 수 있을 것 같아?"

"내가 못 가는 천국이면 너도 못 가지. 그럼 적어도 지옥에 우리 둘이 같이 있겠네."

민이는 장난스럽게 웃으며 고갯짓했다.

"보게, 친구여. 지옥을 건너온 물건들이라네."

민이가 내려놓은 옷과 소품에는 거의 다 스팽글과 비즈, 깃털이 달려 있었다. 사이즈가 큼직큼직해서 키가 큰 민이가 착용하기에도 부족하지 않아 보였다. 민이가 그렇게 행복해하는 모습은 오랜만이었고, 그래서 나도 기분이 좋았다.

우리는 저녁으로 냉동실에서 찾은 피자를 데워 먹었고, 거실 탁자 앞에 앉아 돼지 가족이 나오는 만화영화를 보았다. 민이는 TV를 조금 보다가 자리에서 일어나더니, 거울 앞에서 낮에 사온 옷들을 입어보기 시작했다. 포즈를 취하던 민이는 스팽글이 달린 모자를 멋지게 날리다가 내가 앉아 있는 곳까지 던져버렸다.

"그것 좀 이리로 줘."

투덜거리면서 모자를 주워들던 나는 탁자 한쪽에 쌓여 있는 잡지들 틈에서 '비행 시간표'라고 적힌 파란색 파일을 발견했다. 파일을 열어보니 커다란 표가 그려진 종이가 나왔다. 우주센터의 인장이 찍힌 그 표에는 비행 예정자의 근무 일정이 적혀 있었다. 서류 사이에서 나사의 출입증도 나왔다. 명함 크기의 그 출입증에는 고모의 사진과 영문 이름이 인쇄되어 있었다. 탁자 아래의 받침대에서 '케네디우주센터 12번 게이트 열쇠'라고 적힌 카드 키까지 발견하자 나는 그만 눈앞이 빙빙 돌 정도였다. 한동안 나는 그것에 손도 대지 못하고 그저 가만히, 뚫어지게 바라만 보았다. 그리고 더듬거리며 민이를 불렀다.

"민아, 이리 와서 이것 좀 봐."

"왜?"

옷을 벗고 있던 민이가 건성으로 대답했다.

"고모 말이야, 정말로 우주비행사인 거야."

코르셋 디자인의 끈이 달린 티셔츠에 한쪽 팔을 끼워넣은 민이가 가까이 다가왔다.

"이것 봐. 여기 다 있어. 열쇠, 출입증, 자격증."

민이는 말없이 그것들을 훑어보았다.

"다 정말이었어……"

"그럼 거짓말인 줄 알았어?"

"넌 믿었다고?"

"나는 우리 편이 하는 말은 전부 다 믿어."

그때 밖에서 차가 들어오는 소리가 들렸다. 창문 밖으로 고모가 어떤 남자와 이야기를 나누고 있는 게 보였다.

민이와 내가 벌컥 문을 열고 나가자 함께 서 있던 남자가 깜짝 놀라며 뒤를 돌아보았다. 키가 작고 몸집이 왜소한 금발머리 외국인이었다. 그는 얼버무리듯 인사를 한 뒤 서둘러 차를 타고 떠나버렸다.

"누구예요?"

민이가 물었다.

"남자친구."

고모는 아무렇지 않게 대답하며 집안으로 들어섰다.

"내일모레 집에 초대할 거야. 그때 밥이나 같이 먹자."

거실 바닥에 내가 민이에게 보여준 파란색 파일이 펼쳐진 채로 떨어져 있었다. 고모는 말없이 그것을 들어올려 제자리에 두었다. 고모가 너무 지쳐 보여서 더는 아무것도 물을 수 없었다. 일이 많았다고 했다. 고모는 우리에게 양해를 구한 후 씻자마자 누워 잠이 들었다.

한밤중에는 종이가 떨어지는 소리도 들릴 만큼 고요한 집이었다. 민이와 나는 고모가 깨지 않게 조용히 카드 게임을 했다. 아무도 속임수를 쓰지 않았고, 그래서 게임은 별 재미가 없었다. 우리도 일찌감치 자리에서 일어났다. 민이는 방으로 들어가려는 내 앞을 막아서고 귓속말로 "참, 낮에 할머님께 전화드렸어"라고 속삭였다. 침대에 누운 나는 귀가 간지러워서 손으로 자꾸 귀를 문질렀다. 고모의 말이 다 사실이었다는 걸 얘기해도 할머니가 놀라지 않을 거라고 생각하니 조금 억울한 기분이 들었다.

우주 간이역

1

다음날 나는 일찍부터 거실에 나와 있었다. 집 주위에서 사각사각, 흙을 파는 소리가 들렸다. 7시 정각이 되었을 때 고모가 현관문을 열면서 들어왔다.

"어? 일찍 일어났네?"

고모는 낡은 카고 바지에 빛바랜 셔츠를 입고 있었다. 밀짚모자를 쓴데다 손에 흙 묻은 삽을 들고 있어서 꼭 농부 같았다. 아침햇살에 고모의 두 뺨이 붉게 달아올라 있었다.

"토마토를 좀 따왔어."

나는 고모가 만들어준 토마토주스를 한 번에 쭈욱 들이켜고는 소파에 앉았다. 출근 준비를 하는 고모를 말없이 바라보았다. 고모는 서둘러 씻고, 옷을 갈아입고, 가방에 책과 서류 파일을 넣었다. 내 시선이 자신을 좇는 것을 느꼈는지, 고모가 나를 돌아보았다.

"왜 그래?"

"정확히 무슨 일을 하는 거야?"

고모는 피식 웃었다.

"드디어 물어보네."

"고모가 말해주길 기다리고 있었어."

"편지를 읽었다면 다 알 것 아니야?"

"알아. 그리고 어제 다 봤어. 나사 출입증이랑 비행 시간표, 그 밖의 것들도."

나는 진지하게 말했다.

"대체 어떤 일이길래 가족들에게도 알리면 안 된다는 거야?"

고모는 생각에 잠긴 것처럼 나를 지그시 쳐다보다가 "같이 가볼래?"라고 불쑥 물었다. 나는 벌떡 일어나서 고개를 끄덕였다. 그러자 고모는 정말로 같이 나갈 채비를 하라고 했다. 자고 있던 민이는 헤어롤을 만 상태 그대로 방에서 뛰어나왔다.

"고모님! 여권을 챙길까요?"

"아니, 그런 건 필요 없어."

고모는 조용히 웃었다. 우리는 허둥대면서 신발을 꿰어신고 고모를 따라 집밖으로 나왔다.

"고모님 차는 어디에 있어요?"

"나는 차 없어. 시내까지 자전거를 타고 나가서 버스를 타고, 또다시 셔틀버스를 타거든."

세 명이 한 대의 자전거에 탈 수는 없었기 때문에 우리는 함께 렌터카에 올랐다. 고모는 운전석에 앉은 민이에게 우주센터가 나올 때까지 해안선을 따라 직진하라고 일러주었다. 도로에는 아침 안개가 뿌옇게 끼어 있었다. 우리 세 사람 다 한마디도 하지 않았다. 민이가 틀어놓은 라디오에서 비틀스의 〈Blackbird〉가 흘러나왔다. 고모가 좋아하는 노래였다. 나는 고모를 흘긋 바라보았다. 아무 표정도 읽을 수 없는 얼굴이었다.

차를 타고 달리는데 예전에 고모랑 민이랑 같이 스케이트장에 갔던 때가 떠올랐다. 그때로부터 얼마나 많은 시간이 지났는지, 어떤 것이 변하고 또 변하지 않았는지 생각했다. 친밀한 침묵 속에서 한참이 지났다. 멀리서부터 거대한 로켓 발사대가 가물가물하게 눈에 들어오기 시작했다. 민이가 탄성을 내질렀다.

"그런데 저희들도 저 안에 들어갈 수 있을까요?"

"그럼. 관광객들도 있는걸."

불안해하는 민이의 물음에 고모는 명쾌하게 대답했다. 민이는 핸들을 탁, 내리쳤다.

"나사에서도 관광객을 받는다니. 역시 미국이야. 안 그래?"

섬에 지어진 우주센터는 육지와 다리로 연결되어 있었다. 머리 위로 독수리가 수십 마리씩 날아와 하늘을 빙빙 맴돌았다. 안개 사이로 거대한 로켓 발사대가 드러났다. 나는 입을 벌리고 그 풍경을 바라보았다. 개인 차량은 더이상 들어갈 수 없다는 표지판이 곳곳에 보였다. 우리는 가까운 주차장에 차를 세우고 버스를 기다렸다. 이른 시간이어서 그런지 셔틀버스는 텅 비어 있었다. 사진을 찍지 말라는 경고 멘트가 안내 방송에서 나왔다. 셔틀을 타고 가는 동안 보이는 건물에는 전부 나사 마크가 붙어 있었다. 나는 그 안이 어떻게 생겼을지 상상해보려고 했다. 하지만 투명해진 머릿속에서는 아무것도 그려지지 않았다.

버스가 아폴로 센터 앞에 섰을 때, 고모가 자리에서 일어났다. 우리는 고모를 따라갔다. 건물 앞에 유명한 문구—우리는 달에 가기로 했다—가 쓰여 있었다. 고모는 좁고 긴 복도를 끊임없이 걸어나갔다. 나는 그 뒤를 쫓아가면서 오래전 과학기술연구원에 고모를 따라 취재하러 갔던 일을 떠올렸다. 그때 고모의 동료들은 어린아이였던 나를 진심으로 환영해줬다. 일반인에게 공개되지 않는 곳이지만 특별히 내게만 보여준다며 실험실을 열어준 사람도 있었다. 그날과 같은 일이 일어날까?

중앙의 보안문에 도착하자 고모는 직원 카드로 문을 열고 안으로 들어갔다. 민이와 나는 그 옆에 있는 일반인 게이트로 고모가 준 표를 찍고 들어갔다. 이른 시간이었음에도 관광객 몇 팀이 눈에 들어왔다. 점점 더 어두워지는 건물 안쪽에 관제센터 같은 풍경이 펼쳐졌다. 제일 앞에 커다란 모니터가 자리해 있고 그것을 바라보는 방향으로 여러 대의 컴퓨터들이 쭉 늘어서 있었다. 어디선가 지글거리는 교신음이 흘러나왔다. 모의 관제센터라고 써붙인 중앙의 화면에서는 우주로 발사된 로켓들의 실제 영상이 미세한 진동까지 실감나게 재현되고 있었다. 그 통로를 벗어나자 우주선 체험실이 나타났다. 어린아이들이 직접 모의 화성탐사선을 조종하며 홀 안을 이리저리 뛰어다녔다.

한 떼의 단체 관광객이 나를 스치고 지나갔다. 민이가 내 팔을 잡아당겼다. 하마터면 공중을 돌고 있는 천왕성, 아니면 해왕성에 머리를 찧을 뻔했다. 어디선가 나초 냄새가 났다.

"여기야."

고모의 말에 우리는 우뚝 걸음을 멈췄다. 주위에는 어떤 비밀 문도 눈에 띄지 않았고, 사무실이나 연구소로 보이는 방도 없었다. 그곳은 '우주 간이역'이라는 이름을 붙인 샌드위치 가게였다. 입구에 '엽서와 기념품 있음'이라는 커다란 글씨가 쓰여 있었다. 가게 안으로 들어간 고모는 예전에 배를 앞으로 내밀고 놀랐지, 했던 표정으로 우리를 쳐다봤다. 어디선가 이상한 소리가 들려 고개를 돌려봤더니 민이가 숨을 참으며 웃고 있었다. 그애는 나와 눈이 마주치자 어깨를 내리면서 더 큰 소리로 웃었다.

2

알리는 고모와 같이 가게를 경영하는 모로코 남자였다. 그는 자신이 고모의 보스라고 주장했지만 사실 그것은 오래전의 일이고, 지금은 고모가 옆 코너의 가게를 인수해서 그의 가게와 합병 운영하고 있었으므로 동업자 관계였다. 나는 그가 가져다준 환타를 들고 의자에 앉아서 손톱을 깨물며 주위를 둘러보았다.

건물 중앙에 밀집해 있는 기념품 숍의 한 귀퉁이를 차지하고 있는 그 가게는 다른 곳처럼 일관된 상품들을 팔고 있었다. 나사의 마크가 찍힌 손목시계, 머그컵, 티셔츠 따위와 우주항공기 와펜이 붙은 견장들(고모 집 서재에서 봤던 것과 똑같았다), 우주항공선 조립 모형들이 일목요연하게 진열되어 있는 한쪽과 감자튀김과 음료수, 샌드위치, 핫도그를 팔고 있는 다른 한쪽이 연결되어 있었다. 가게는 3D 아이맥스 영화관과 가까이 있어서 오가는 손님이 제법 많았다.

고모는 가게 안으로 들어서자마자 앞치마를 두르고 샌드위치를 만드느라 정신이 없었다. 나는 한쪽 구석에 자리를 차지하고 앉아 있다가 손님들이 많아지자 일어나서 주위를 서성거렸다. 민이는 진작부터 남은 앞치마를 두르고 고모를 거들고 있었다. 사람들은 아무렇게나 고모를 불렀고, 소스를 조금 더, 혹은 덜 뿌리라고 불평했고, 때로는 쓰레기를 건넸다.

부러 그런 생각을 하고 싶진 않았지만, 나는 과거에 고모가 얼마나 장래가 촉망되던 과학 연구원이었는지를 떠올릴 수밖에 없었다. 고모는 몹시 바쁘게 몸을 움직이면서도 내가 있는 쪽을 흘긋흘긋 바라보았다. 나는 고모를 쏘아보았다. 핀에서 앞머리가 흘러내린 고모는 나와 눈이 마주치자 볼우물을 만들면서 웃어 보였다.

갑자기 화가 치밀어오른 나는 가게에서 나왔다. 화장실 옆에 있는 안내 지도를 보니 우리가 들어온 아폴로 센터가 몽땅 관광시설이라는 것을 알 수 있었다. 이곳은 전시실과 체험실, 기념품 숍으로 이루어진 우주 테마파크였다. 지도 안에 보이는 고모의 가게는 점보다 작았다.

방향감각 없이 돌아다니던 나는 기계전시실에서 길을 잃고 말았다. 오가는 사람이 별로 없는 코너였다. 조명이 가장 환한 곳에 최초의 유인 우주선이라는 보스토크 1호의 모형이 전시되어 있었다. 음성 가이드를 작동시키자, 유리 가가린이 처음 지구를 떠났을 때 탔던 우주선의 모형이라는 설명이 나왔다. 비행사가 탑승하는 캡슐 부분은 지름이 2미터쯤 될 것 같은 커다란 공 모양이었다. 나는 투명한 유리창을 통해 처음으로 지구를 객관적으로 바라봤을 유리 가가린의 뒷모습을 떠올려보았다. '우주는 매우 어두웠으나, 지구는 푸르렀습니다. 모든 것이 명확하게 보였습니다.' 그것이 그의 말이었다. 아름답고 간결한, 진실의 말.

한참 동안 홀로 헤매다가 돌아갔더니 가게는 조금 한산해진 분위기였다. 알리는 민이에게 뭔가를 열심히 떠들어대고 있었고, 고모는 한쪽에 서서 냅킨을 접고 있었다. 나는 그 옆으로 가서 말없이 냅킨을 접었다. 계산대 뒤쪽 벽에 전에 보았던 비행 시간표가 붙어 있었는데, 자세히 보니 그것은 고모와 알리, 아르바이트생들의 근무시간을 적은 것이었다.

가게는 온종일 조금의 쉴 틈도 없을 만큼 바빴다. 나는 하나 남은 앞치마를 두르고 주방으로 들어가서 일을 도왔다. 손이 서툴러서 큰 도움이 되지는 못했지만 설거지는 제법 잘 해냈다. 고모는 싱크대 쪽에서 고마워, 라고 입 모양만으로 말했다.

"처음에 여기 어떻게 들어왔는지 알아?"

오후 무렵 말없이 소시지를 굽고 있던 고모가 입을 열었다.

"나 역시 마흔세번째 이력서를 쓰던 때가 있었어."

나는 무슨 뜻인가 하여 고모를 바라보았다. 고모는 피식 웃었다.

"한국에서랑 다르게 여기서는 날 원하는 곳이 없었어. 전공 연구 실적도 이곳 기준에는 미달이었고, 경력도 어중간했고, 뭐 물론 인종차별 문제도 있었겠지…… 이혼할 무렵 나는 정말 아무것도 없이 맨몸으로 길바닥에 나앉을 지경이었어. 매일 눈이 벌게서 구인란만 찾아보고 있는데 마침 케네디우주센터에서 직원 채용을 한다는 공고가 났어. 나는 말단직이라도 좋으니까 여기 연구소에서 일할 수 있다면 좋겠다고 생각하고 학위증명서, 경력증명서를 다 가지고 왔지. 그런데 와보니까 분위기가 뭔가 이상한 거야. 영어를 못하는 사람들도 있는 것 같고, 작업복 같은 걸 입고 온 사람도 있고. 미국의 근무 분위기가 정말 자유롭다는 생각을 하면서 면접 차례를 기다렸는데, 방에 들어가니까 면접관이 단 한 명인 거야. 무척 피곤해 보이는 그 남자는 나한테 뭘 할 수 있냐고 물었어. 나는 지질학 석사학위도 있고, 물리학 연구소에서 일한 경력도 있다고 말했지. 그 남자는 말없이 나를 가만히 바라보더니 요리할 줄 아냐고 물었어. 그렇다고 대답했지. 특히 샌드위치를 잘 만든다고. 며칠 뒤에 합격했다고 전화가 왔어. 굽 없는 신발을 신고, 12번 게이트로 오라고 하더라. 와보니까 이 기념품 숍이었어. 나는 뭔가 오해가 있는 것 같다고 말하려고 책임자를 찾았지. 그런데 여기 시설이 워낙 복잡하잖아. 책임자를 만나려면 센터를 한 바퀴 돌아야 할 판이었어. 아침도 못 먹고 나온 참이었는데 여기 소시지 굽는 냄새가 기가 막힌 거야. 속에서 막 요동을 치기 시작하더라. 정말 끔찍하게, 내장이 다 뒤틀리는 것처럼 배가 고팠어. 인생에 한 번도 그렇게 배가 고팠던 적은 없었던 것처럼. 그때 내 주머니엔 단돈 1센트도 없었는데, 일단 그 생각이 드니까 도저히 한 걸음도 더는 갈 수가 없는 거야. 되돌아갔더니 알리가 소시지를 사줬어. 나는 숨도 쉬지 않고 그 소시지를 먹어치웠어. 그렇게 일을 시작하게 됐지. 처음엔 잠깐이라고 여겼어. 아주 잠깐 다른 곳으로 가기 전에 스쳐가는 곳이라고."

고모는 소시지에 겨자소스를 발라서 내게 건넸다. 나는 뽀득거리는 그 소시지를 입안에서 오랫동안 오물오물 씹어먹었다.

"돌이켜보면 나는 운이 좋았던 편이야. 완전히 망가질 수도 있었는데, 그때마다 이렇게 저렇게 살길이 열렸어. 그래서 이 일도 계속하게 됐지."

나는 그날 늦게까지 고모와 가게에서 하루를 보냈다. 손님들이 오고가는 동안 고모는 한 번도 자리에 앉지 못하고 서 있었다. 고모는 틈틈이 수없이 많은 샌드위치를 만들어 따로 박스에 담아놓았다. 오후가 되자 한 학생이 와서 그 박스를 가져갔다.

"저건 뭐야?"

내가 묻자 고모는 아무것도 아니라고 중얼거렸다.

일이 끝나자 고모는 민이와 내게 하루치 일당을 줬다. 내가 정색을 하고 거절한 반면 민이는 "고모님, 소중하게 쓰겠어요!"라고 말하며 봉투를 얼른 품속에 넣었다.

마감 시간이 다 되었을 때 머리를 양 갈래로 땋은 조그만 꼬마애가 나타났다. 그애는 가게 문을 닫을 때까지 한구석에서 얌전히 기다리고 있다가 알리가 셔터를 내리자 힘차게 달려와서 그의 목에 매달렸다. 알리는 소리 내어 웃으면서 여자애를 높이 치켜들었다. 여자애는 작은 징이 매달린 구리 팔찌를 차고 있었다. 그애가 알리의 품안에서 흔들릴 때마다 짤랑짤랑 징이 부딪치는 소리가 났다. 고모는 그 모습을 물끄러미 바라보다가 시선을 돌렸다.

2002. 5. 24.

초기의 궤도시험비행에는 동물들이 이용됐어요. 우주에는 행성의 인력에 따라 생성된 수많은 궤도가 있는데 초기 실험에서는 어떤 일이 벌어질지 알 수 없었기 때문에 사람 대신 침팬지나 개들을 태우고 우주로 쏘아올렸죠. 동물들은 정해진 시간마다 버튼을 눌러 굴러떨어지는 사과와 바나나를 받아먹었어요.

궤도비행은 별다른 조종이 필요한 것이 아니기 때문에 비행선 선회가 아주 단순한 조작으로 이루어져요. 대부분의 동물들은 훈련한 대로 임무를 잘 수행하고 지구로 돌아왔죠. 하지만 그 동물들은 돌아온 뒤에 곧 히스테리 증상을 보이며 병에 걸리거나 죽어버렸어요. 실험을 위해서 우주에 갔던 거미들까지도 귀환 즉시 병에 걸려버렸죠. 살아남은 경우에도 다시 우주로 가기를 원했던 동물은 하나도 없었어요.

장기 궤도비행은 비행사들에게도 더할 수 없이 고단한 일이에요. 얼마 전에 저는 달과 화성 간의 궤도수정비행에 선발된 적이 있었는데 2주 동안 일어나지도 씻지도 못하고 한자리에 앉아 있어야 했어요.

궤도수정비행에서는 연료의 효율을 위해서 로켓의 무게를 극소화시키는 데 중점을 두죠. 그러니까 애초에 설계할 때부터 일체의 여유 공간을 두지 않는 거예요. 온종일 좁은 공간에서 동료들과 같이 있기 때문에 서로 날카로워진 신경을 건드리지 않으려면 극도로 조심을 해야 하죠.

비행사들은 우주복 안에 아기 기저귀 같은 것을 차고 발사 사흘 전부터 배설량을 적게 유지하는 식이요법을 시작해요. 그 비행에서는 지상에서의 수면과 우주공간에서의 수면을 비교하는 실험도 동시에 수행했기 때문에 가슴과 등에는 센서를 붙이고 항문에는 자그마한 체온계까지 꽂고 있었죠. 이 센서들은 신경의 미세한 움직임까지 남김없이 잡아내서 신호음을 울렸답니다.

생각해보세요. 2주일 동안 자동차 좌석만한 공간에 앉아서 온갖 전선을 몸에 연결하고 움직일 때마다 비명 같은 신호음을 듣고 있는 심경을요. 실험을 위해서 우주선 안의 조명을 다 끄고 앉은 채로 잠들려 애쓰다보면 정말 오만 가지 생각이 다 들어요.

장기 비행이 끝나면 어떤 사람들은 사타구니가 전부 다 헐어버려서 한동안 제대로 걸어다니지도 못하죠. 피부병에 걸리거나 관절염에 걸린 사람도 있어요. 비행 도중에 비행사들끼리 싸움을 하는 경우는 셀 수도 없이 많고, 남자들로부터 성추행을 당했다고 고소를 하는 여자 비행사들도 있어요.

실제로 우주비행사들 중 50퍼센트 이상이 우울증을 앓는다고 해요. 우주비행사의 일은 정말 끔찍하게 육체를 혹사시키거든요. 그건 중력을 견디고 돌아오는 일이고, 저지방 우유만 마시면서 한 달을 버티는 일이고, 무게가 100킬로그램에 달하는 우주복을 입고서 돌아다니는 일이에요. 과연 이 일로 무엇을 증명하고자 하는가, 에 대한 의문을 갖기 시작하면 그때부턴 아무것도 받아들일 수가 없게 돼요. 방법은 그저 단순해지는 것뿐이죠. 삶을 최소화시키고 내가 할 수 있는 일과 할 수 없는 일을 정확히 분별해서 할 수 있는 일을 해나가는 수밖에 없어요.

장기 비행에서 돌아오면 같은 우주선에 탔던 비행사들은

한마디 인사도 없이 뿔뿔이 흩어지고 말아요. 그들은 집으로 돌아가서 뜨거운 물에 샤워를 하고, 스테이크를 먹고, 맥주를 마시죠. 그리고 다음날 다시 만났을 땐 모두 말끔한 얼굴로 서로의 어깨를 두드리는 거예요. 이번 비행은 정말 끝내줬다고 떠들어대고, 곧 다음 비행 스케줄에 끼기 위해서 안간힘을 쓰는 거죠.

동물들이 다시 가길 원치 않았던 우주로, 인간들은 끊임없이 되돌아가요. 우주에 다녀온 뒤 다음 비행을 포기한 비행사는 지금껏 단 한 명도 없었죠. 그건 인간만이 자기가 선택한 삶을 살기 때문일 거예요. 내가 선택한 대로 사는 인생이죠. 그것마저 없다면 우리의 삶이 무엇 하나 동물보다 나은 것이 있겠어요?

조엘

다음날 나는 가족들이 함께 있을 때를 피해서 시내로 나가 할머니에게 전화를 걸었다. 할머니는 한차례 억눌린 신음을 내뱉더니 초조한 목소리로 고모의 안부를 물었다. 고모가 건강한 모습으로 잘 지낸다고 해도 할머니는 마음을 놓지 못했다. 사는 집이 몇 평이나 되는지, 친구들은 있는지, 혼자 사는 게 확실한지 계속해서 물어왔다.

"사귀는 남자는 없더냐?"

"없던데요."

그 말라깽이 남자가 떠올랐지만 나는 거짓말을 했다.

"한번 통화를 할 수 있으면 좋을 텐데."

"보안 때문에 개인 통화를 할 수 없대요. 규정이 그래요."

"그래…… 일 때문이라면 이해해야지."

고모는 할머니와 통화하는 것을 원하지 않았다. 나는 납득할 수 없었지만 고모의 뜻에 따를 수밖에 없었다. 할머니는 말끝을 흐리면서 두 번이나 "이해해야지"라고 중얼거렸다.

"로저인지 루즈인지 지난번 같은 작자를 만나고 있는 건 아닌지 난 그게 걱정이다. 집에 드나드는 남자가 없는지 두 번 세 번 살펴봐."

계속되는 당부에 나는 '고모는 마흔셋이나 먹은 아줌마'라는 말이 나오려는 걸 꾹 참으면서 전화를 끊었다.

그날 저녁에 예정대로 말라깽이가 방문했다. 고모가 주문한 음식 재료들을 한아름 사온 그는 쭈뼛거리며 집안으로 들어왔다.

"여기는 은미, 민이. 이쪽은 조엘이야."

남자는 악수 대신 고개를 숙여 보였는데 나는 그게 마음에 들었다. 그는 한눈에도 별 수완이 없는 사람처럼 보였다. 먼저 말을 시키지 않으면 몇 시간이고 그 자리에서 입을 다물고 있을 것 같았다.

"오늘은 제대로 된 한국 요리를 먹을 수 있을 거야. 그동안 이애들 차를 좀 봐줘."

렌터카는 어제저녁부터 덜덜거리기 시작하더니 급기야는 길 위에서 시동이 꺼져버렸다. 민이도 나도 어찌할 바를 몰라 하루종일 그대로 두었더니 이제는 시동조차 걸리지 않았다. 제일 싸고 예뻐 보이는 것을 덥석 고른 탓이었다.

조엘은 고모의 말을 듣고 자리에서 일어났다. 민이와 내가 그를 밖으로 안내했다. 그는 보닛을 열고 한참 동안 그 안을 들여다보았다. 민이는 아무것도 모르면서 심각한 표정으로 그를 따라 했다. 나는 그 앞에서 랜턴을 들고 서 있었는데, 곁에 있는 두 남자의 차이가 너무도 확연히 드러나는 것에 아이러니를 느꼈다. 민이가 완벽한 육체에 빈약한 남성성을 갖고 있다면 조엘은 정확히 그 반대였다. 그 남자는 고모보다 작은 키에 이목구비마저 올망졸망하게 생긴 편이었지만 어딘지 위험한 분위기를 풍겼다. 우울해 보이는 표정과 반듯한 이마 때문에 한창때가 지난 제임스 딘과 비슷해 보인다고 나는 생각했다.

조엘은 'rangers'라고 쓰인 물 빠진 낡은 회색 티셔츠를 입고 있었다. 면 티셔츠가 그토록 잘 어울리는 말라깽이 남자는 처음 보는 듯했다. 그는 한참 동안 생각에 잠겨 있더니 선 몇 개를 잘라낸 후에 피복을 벗겨 다시 연결했다. 부드럽게 그르릉, 하는 소리가 났고 곧 시동이 걸렸다. 덜덜거리는 떨림도 사라졌다. 민이는 바보처럼 손뼉을 치며 좋아했다.

민이와 조엘이 먼저 집안으로 들어간 뒤 나는 잠시 정원에 혼자 앉아 있었다. 시원한 바람이 달콤하게 느껴지는 여름밤이었다. 주변의 풀벌레들이 시끄럽게 울어댔다. 벌써 여행 일정의 절반이 지나갔다는 사실이 믿어지지 않았다. 시간이 아무런 부피감 없이 지나가는 것 같았다. 집으로 돌아간다는 생각은 하지 않고 지냈는데 불안감이 스멀스멀 찾아들었다. 그때 갑자기 뭔가 축축한 것이 손에 만져졌다. 고개를 돌리자 시꺼먼 눈동자의 사냥개가 나를 쳐다보고 있었다. 내가 듣기에도 소름 끼치는 비명소리가 온 숲을 뒤흔들었다. 놀란 고모와 민이가 집안에서 뛰어나왔다.

"조엘의 개야."

사냥개를 본 민이가 덤덤하게 말했다.

"아까 너 화장실 갔을 때 이야기해서 몰랐구나."

개는 거의 기절 직전인 듯 놀라 숨을 헐떡이고 있었다. 조엘이 개를 부르더니 낮은 소리로 쉬쉬, 괜찮다고 토닥거렸다.

"집안으로 데리고 들어가죠, 왜 밖에다 풀어놔요."

나는 괜히 머쓱해서 투덜거렸다. 조엘이 나를 보고 처음으로 빙긋 웃었다.

"이 개는 절대로 집안으로 안 들어가요."

"왜요?"

"전 주인이 그렇게 훈련시킨 것 같대."

고모가 대신 대답했다.

"전 주인이 훈련이랍시고 개를 무척 학대했던 모양이야. 길에 유기된 개를 발견했을 때는 목숨만 붙어 있는 상태였어. 조엘이 데려다 키운 지 꽤나 시간이 지났는데도 어렸을 때 훈련받았던 것이 절대로 고쳐지지가 않는다는 거야."

나는 잘게 다진 고기를 개에게 가져다줬다. 개는 열심히 고기를 먹더니 내가 일어날 때 끙끙거리면서 고마움을 표시했다. 하지만 아무리 손짓을 해도 집안으로는 들어오려고 하지 않았다.

저녁 식탁에는 불고기와 잡채, 김치가 올라왔다. 조엘은 젓가락질을 꽤 잘했고 매운 김치도 곧잘 먹었다. 그는 얼마 전부터 해변에서 슬리퍼 장사를 하고 있다고 했다. 따로 점포가 있는 것은 아니고 슬리퍼를 실은 차 트렁크를 열어놓고 손님이 올 때까지 기다린다는 것이었다. 나는 그 남자가 손님을 끌기 위해서 뭔가 노력하는 모습을 상상할 수 없었다. 누군가 찾아오지 않으면 종일 운전석에 앉아 있기만 할 것이 뻔했다.

고모와 조엘은 서로에 대한 얘기를 잘 하지 않았다. 커플

들은 다른 사람들과 함께 있으면 서로를 얼마나 구속하고 있는지를 내세우고 싶어하는 법인데 그들은 각자가 별 상관 없는 사이인 듯 무심하게 행동했다. 그러면서도 간혹 눈빛을 교환할 때는 더없이 다정해 보였다.

저녁 시간은 네 명의 친구가 모인 것처럼 호의로 넘쳤고 제법 즐거웠다. 고모와 민이는 어떤 무리에 껴도 대화를 이끌어내고, 자기를 우스꽝스럽게 만들어서라도 좌중을 웃게 하는 사람들이었다. 술이 달린 빨간색 튜닉을 입은 민이는 유창한 영어로 고모와의 추억들을 이야기했다. 민이의 손놀림이 마치 새의 날갯짓 같았다. 조엘은 고모에 대한 이야기를 집중해서 들었고, 간간이 웃으며 고모를 돌아보았다.

"당시 고모님은 우리 동네 스타였어요. 한 번쯤 고모를 사랑하지 않은 남자는 없었죠."

"그런데 그 사람들, 수작을 걸러 왔다가 내가 웃어젖히기만 하면 다들 겁을 먹고 도망갔잖아."

"고모님이 웃을 때는 주변이 다 환해지거든요. 그게 낯설어서 그래요."

민이는 혀를 차며 말했다.

"어떤 사람은 평생을 살아도 해일처럼 덮치는 기쁨을 알지 못하죠. 감정의 무지렁이들이라고요."

웃을 때 조엘은 소년 같았다. 터프한 분위기와는 달리 고모의 말을 고분고분 잘 들었고, 무슨 요청을 하든 즉각 일어나 움직였다.

조엘은 자기 이야기를 하지 않으려고 했다. 내가 무례하다 싶을 만큼 꼬치꼬치 캐물어도 의뭉스럽게 웃기만 했다. 슬리퍼를 팔기 전에 무슨 일을 했냐고 물으면, 아무것도 팔지 않았다고 대답하는 식이었다. 왜 자꾸 모든 걸 숨기냐고 묻자 그는 '숨기는 것이 아니라 지금의 내겐 아무 의미도 갖지 않기 때문'이라고 말했다. 디저트를 먹을 즈음 고모에게서 간신히 대답을 끌어냈는데, 그는 영국의 메이저 신문사에서 취재기자로 10년 넘게 일했다고 했다. 퇴직한 지는 3년이 넘었고, 언론사에서 일할 마음 따위는 다시 품지 않는다고. 나는 깜짝 놀라 그에게 말했다.

"제 꿈도 기자가 되는 거였어요. 끝내 실패했지만요."

"인생에 끝내 실패란 없어요. 실패를 통과해서 어디로든 가긴 가죠."

그는 마치 인생을 통달한 노인처럼 말했다. 잠시 후에 내가 가족관계에 대해서 묻자 그는 분명하게 불편한 기색을 드러냈고, 더이상 웃지도 않았다. 고모조차도 내게 조심스러운 눈빛을 보냈다. 그에게서 흉터로 남은 단단한 부분이 만져졌다. 그것이 그의 삶을 둘로 갈라놓은 것이 분명해 보였다. 그때부터 그는 더이상 말하고 싶지 않아했다. 내가 아무리 물어도 완고하게 입을 다물었다.

"아가씨, 그래봤자 난 보여줄 게 없어요. 아무것도 가지고 있지 않으니까. 나는 집도 없고, 직장도 없어요. 저 개와 차, 그리고 가끔 만나는 이 친구뿐이에요."

"정말로 아무것도 없나요?"

"아무것도요."

"살아가기를 멈추셨군요."

그는 한숨을 쉬듯 웃었다. 식탁 위에 침묵이 흘렀다. 그는 밤의 정적 속에서 천천히 낮은 목소리로 읊조리기 시작했다.

"이 배우들은 모두 요정들일세. 이젠 대기 속으로, 엷은 대기 속으로 사라져버렸지. 이 대지에 뿌리를 내리지 못한 환상의 세계처럼 저 구름 위에 솟은 탑도, 호사스러운 궁전도, 장엄한 신전도, 이 거대한 지구도, 마침내 다 녹아서 지금 사라져버린 환상처럼 흔적조차 남기지 않을걸세. 우리 인간은 꿈과 같은 것으로 되어 있고 이 허망한 인생은 긴 잠으로 막을 내리게 되지."

나중에야 나는 그것이 셰익스피어 희곡의 한 구절이라는 사실을 알았다.

자정이 가까워지자 고모와 민이는 소파에 기대 졸기 시작했다. 조엘은 그날 내내 술을 단 한 모금도 마시지 않았다. 처음에 민이가 맥주를 건넸을 때부터 그는 조심스럽게 고개를 저었다.

"그것이 내 인생을 통째로 삼키려고 했던 적이 있어요. 이제 나는 회복되었지만 그 태풍이 언제라도 다시 시작될 수 있다는 걸 잘 알죠."

떠나기 전에 조엘은 소파에 누운 고모의 목까지 담요를 덮어주었다. 그는 천천히 식탁을 치운 뒤에 사냥개 같지 않은 사냥개를 데리고 차에 올랐다. 트렁크 가득 슬리퍼를 실은 그의 차가 조용히 라이트를 깜빡이며 사라진 후, 나는 그 남자가 할머니의 걱정처럼 문제가 될 일은 없을 거라고 생각했다. 곧 새벽이 와서 창밖에 푸른 기운이 어렸다.

몽롱한 가운데 조엘이 읊었던 대사가 떠올랐다. '이 거대한 지구도, 마침내 다 녹아서 지금 사라져버린 환상처럼 흔적조차 남기지 않을걸세.' 그것은 마치 음악과 같았다.

코코아 비치

1

고모는 매일매일 쉬지 않고 일했다. 그녀는 세상에서 제일 성실한 우주비행사처럼 새벽같이 일어나 집을 나섰고 해가 진 뒤에야 자전거를 타고 오두막으로 돌아왔다. 고모의 움직임은 부지런하고 날렵했지만 때때로 입술이 파랗게 질릴 만큼 지쳐 보였다. 밤마다 기침 소리가 자주 들렸다. 마치 어깨로 호흡을 하는 사람처럼 몸을 들썩거리면서 숨을 쉬는 것을 본 적도 있었다. 병원에 가보라고 하자 익히 아는 병이라고 했다. 고모가 젊은 시절부터 천식으로 고생한 것을 나도 알고 있었다. 고모는 할머니가 싸서 보낸 도라지청을 소중히 아껴 먹었다. 아침마다 도라지청을 탄 머그컵을 들고 숲속으로 걸어들어가서 오랫동안 산책을 했고, 집에 돌아오면 한결 기운이 충전된 모습을 보였다.

"그 가게는 휴일도 없어?"

"왜 없어. 알리하고 격주로 한 번씩 쉬고 있는데."

"이번 주말은 무조건 휴일이야! 우리랑 같이 하루도 온전히 못 보냈잖아."

고모는 순순히 그러겠다고 약속을 했다. 나는 레이철과 함께 가까운 해변으로 나들이 갈 계획을 세웠다. 레이철은 고모가 없는 시간 틈틈이 집에 들러 우리에게 필요한 게 없는지 물어봐주었다. 그녀는 스페인 이민 가정 출신이었고, 프리랜서 디자이너로 시간적 여유가 많은 편이었다. 민이는 SNS 검색으로 레이철이 만드는 가구가 경매장에서 부르는 게 값인 명품이라는 사실을 알아내고 깜짝 놀랐다. 그녀는 미국에서 손에 꼽힐 만큼 성공한 디자이너였다. 고모 집에서 내가 제일 좋아하는 작은 안락의자, 그것 또한 레이철의 작품이었다.

민이는 매일 나가서 녹초가 될 때까지 여기저기 돌아다녔지만, 나는 집에만 머물렀다. 낮에는 오두막 밖으로 의자를 끌고 나가서 혼자 책을 읽거나 음악을 들었다. 나뭇잎들이 바람에 흔들리는 것을 하루종일 바라보기만 하는 날도 있었다. 나는 내가 그토록 조용히 홀로였던 적이 지금껏 단 한 번도 없었음을 깨달았다. 주머니 속에서 점점 줄어드는 현금을 바라보는 노름꾼처럼 날짜가 지나가는 게 두려웠고, 그 시간을 조금이라도 더 즐기려고 고모와 민이가 밖으로 나가기만을 기다리기도 했다.

어느 날은 먼지를 탈탈 털어 집을 청소하고, 빨래를 모아 세탁기를 세 번이나 돌렸다. 나는 집안일 중에 빨래를 제일 좋아했다. 단, 세탁기가 있을 때에 한해서. 그 커다랗고 믿음직스러운 기계는 온갖 혐의를 지닌 더러운 옷을 넣고 새하얀 세제만 뿌리면 모든 문제를 해결해줬다. 묵직한 소리를 내면서 규칙적으로 흔들리는 세탁기에 기대어 있으면 왠지 안심이 됐다.

빨래가 끝난 후 나는 옷들을 탈탈 털어 집밖의 긴 줄에 널었다. 그리고 안으로 들어와서 고모의 서재에서 꺼내온 『천체물리학자 양 첸의 전기』를 읽었다. 전문용어로 쓰인 글들은 하나도 이해하지 못했지만 컬러로 실린 별 사진들은 즐겁게 바라볼 수 있었다. 책의 마지막 장에는 한밤중 선탠 의자에 누워서 망원경을 통해 하늘을 바라보는 양 첸 할아버지의 사진이 실려 있었다. 그의 얼굴은 망원경에 가려 보이지 않았지만 등받이에 완만하게 기댄 등과 망원경을 쥔 두 손이 부드럽고 느긋해 보였다.

'이렇게 좋아하는 일을 하면서 살 수 있다면, 그 일로 돈을 벌어서 밥도 사 먹고, 편안한 침대에서 잠을 자고, 따뜻한 옷을 사 입을 수도 있다면 얼마나 좋을까.'

행복한 양 첸 할아버지를 향한 끓어오르는 질투심과 함께 문득 나는 한 번도 기사를 쓰는 일을 좋아해본 적이 없었다는 생각이 들었다. 돌이켜보면 나는 그저 시험에 붙어야 한다고, 기자가 되어야 한다고, 좀더 솔직히 말하면 기자가 된 나를 모두에게 보여줘야 한다고 생각했을 뿐이었다. 누군가 어리석은 내 머리를 톡, 톡, 치는 것 같았다.

사실 그 소리는 유리창을 두드리는 빗방울 소리였다. 빗줄기가 더 굵어지고서야 그것을 깨달았다. 널어놓은 빨래 생각에 나는 맨발로 뛰쳐나갔다.

저녁에 들어온 민이는 온몸이 흠뻑 젖어 있었다. 말없이 방으로 들어간 민이는 나와서 차를 마시라고 아무리 소리를 질러도 반응이 없었다. 나는 따뜻한 물에 허브 잎을 띄워서 방으로 들어갔다.

"민아, 왜 그래?"

의자에 앉은 민이는 벨벳 재질의 재킷에서 물이 뚝뚝 떨어지는데도 아랑곳하지 않고 창밖을 바라보았다.

"네 말이 맞아."

민이가 젖은 얼굴을 내 쪽으로 돌리며 떨리는 목소리로 말했다.

"……난 아무것도 될 수 없을 거야. ……남자들과 데이트하고 싶지 않아. 그렇다고 여자를 만나고 싶은 것도 아니고. 보통은 둘 중 하나인 거잖아? 그런데 나는 아니야. 아무 쪽도 아니라구."

민이의 얼굴이 일그러졌다.

민이는 그날 노천카페에서 만난 어떤 남자를 따라갔고, 그와 함께 저녁 시간을 보냈다고 했다. 남자는 포토그래퍼였고, 민이보다 여덟 살 많았으며, 몸에서 좋은 향기가 났다. 그가 원하는 것은 명확했고, 민이는 자신도 그렇다고 생각했다. 하지만 정작 몸에 손이 닿자 견딜 수가 없었다. 불편함과 어색함에 숨이 막힐 것 같았다. 결국 도망치다시피 그의 스튜디오에서 빠져나오면서 민이는 온갖 욕설과 모욕적인 말을 들어야 했다.

"여기 오기 전에 서울에서도 마찬가지였어. 남자들을 만나려고 애써봤지만 소용없었어. 이젠 나도 내가 원하는 게 뭔지 모르겠어."

민이는 내심 이 자유로운 땅으로 와서 해방감을 맛보게 되면 뭔가 다를 거라는 기대를 품었었다고 했다. 그런데 별다를 게 없었던 것이다. 민이는 자신이 무대 위에 선 배우처럼 느껴진다고 했다. 형편없는 연기를 하다가 관객들이 던지는 쓰레기를 맞고 퇴장하는 배우. 나도 그게 어떤 기분인지 알았다.

민이는 길을 잃은 아이처럼 떨고 있었다. 그때 민이와 나 사이의 거리는 한 걸음도 채 되지 않았다. 어쩌면 나는 민이의 어깨를 두드려줘야 했는지도 모른다. 잘못된 건 아무것도 없다고, 그저 아직 때가 되지 않은 거라고, 좀더 기다려보면 자연스러운 감정이 찾아올 거라고 이야기해주었어야 했는지도 모른다. 하지만 나는 아무 말도 하지 않았다.

"너무 많이 울지 마. 내일 힘드니까."

나는 바보 같은 말을 중얼거리고 방을 나왔다. 곧 흐느끼는 소리가 벽을 넘어 들려왔다. 나는 끝내 어떤 위로도 해주지 않았다.

2

아침 일찍 레이철이 오두막으로 왔다. 하늘거리는 파란색 민소매 원피스를 입은 그녀를 보자 이미 바다 앞에 다다른 것 같은 청량감이 느껴졌다. 민이는 감기에 걸려서 아무데도 못 간다며 이불 속으로 파고들었지만 결국 고모 손에 끌려나왔다.

"신선한 공기를 마시고 모래찜질을 하면 금세 나을 거야."

마지못해 차에 올라탄 민이는 힘없이 유리창에 머리를 기대고 있었다. 고모와 레이철은 바구니에 챙긴 도시락과 준비물을 몇 번씩 확인해보고 나서 차에 올랐다. 이렇게 짬을 내서 소풍을 가는 일이 두 사람에게도 흔치 않은 일인지 몹시 들떠 보였다.

해변의 모래사장은 끝도 없이 길었다. 날이 좋아서 놀러 나온 사람들이 적지 않았지만 워낙 해안이 넓어 드문드문 자리를 잡고 앉기에 무리가 없었다. 고모는 낡은 줄무늬 셔츠를 입고 있었는데, 그 옷은 내가 어렸을 때부터 봐왔던 것이라서 가족들끼리 동해에 여름 피서를 와 있는 것 같았다.

나는 자그마한 삽으로 곱고 따뜻한 모래를 퍼서 민이의 몸 위에 살살 뿌려주었다. 지난밤의 일로 인해 어쩐지 미안한 마음이 들었다.

"고마워."

민이는 바닥에 누워 눈을 감으며 말했다. 그애의 머리맡에 파라솔을 세워주고 돌아서자, 한쪽에서 옷을 벗고 있는 레이철이 눈에 들어왔다. 나는 너무 놀라서 입을 벌리고 그저 바라볼 수밖에 없었다. 레이철은 그 커다란 파란색 원피스를 벗고 비키니 차림이 되어 우리 곁으로 다가왔다. 처음에 든 생각은 과하게 드러난 살집이 민망하다는 것이었고, 그다음에 든 생각은 그녀의 몸이 예상외로 균형 잡혀 있다는 것이었다. 그녀 몸의 부드러운 곡선은 있는 그대로 좋아 보였다. 마치 온몸으로, 난 그냥 나야, 라고 말하는 것 같았다. 레이철은 선크림을 바르고 바다로 들어갔다. 파도를 향해 몸을 던지며 큰 소리로 웃었다.

파도 소리가 규칙적으로 들려오는 새하얀 모래사장 위에 앉아 있노라니 마음속의 어두운 부분들이 차츰 밝아져왔다. 의식이 가물가물해지면서 설핏 잠이 들 것 같았다.

"찬이는 잘 지내니?"

나는 눈을 번쩍 떴다. 고모가 손으로 오렌지 껍질을 까면서 아무렇지 않게 묻고 있었다.

"착하고, 다정하고, 씩씩한 남자로 자라고 있지?"

나는 제대로 대답을 못하고 "어? 어-"라고 말을 길게 늘어뜨렸다. 자세히 보니 고모의 손이 조금 떨리고 있었다. 고모는 더이상 말을 잇지 못하고 한참 동안 바다만 바라보았다. 약한 바람이 불어와서 고모의 머리카락을 흔들었다. 고모의 눈과 입가에 희미한 주름들이 보였다.

"한번 보러 간 적 있었어."

바다 저 끝을 바라보다가 고모가 불쑥 말했다.

"찬이를? 언제?"

"12년 전인가, 13년 전인가. 집을 구하자마자."

고모는 오렌지 조각을 입에 넣었다.

"날짜를 보니까 그날이 오빠 생일이더라구. 빈손으로 가긴 그래서 도착하자마자 뭘 좀 사려고 시장에 갔지. 그런데 거기에서 새언니랑 찬이를 본 거야. ……장을 보러 나온 것 같더라. 찬이는 곰돌이가 그려진 베이지색 티셔츠를 입고 있었어. 처음 보는 옷이었지. 아마 너희 엄마가 사줬을 거야. 지나가는 사람들이 귀엽다고 한마디만 해도 언니 치마폭에 고개를 파묻어버리더라구. 꼭 그 안으로 사라지고 싶은 것처럼. 언니랑 둘만 남으니까 그앤 그제야 얼굴을 내밀었어. 언니는 그애의 얼굴을 손으로 쓰다듬었지. 둘은 매대에 있는 사과 향기도 맡고, 미꾸라지도 들여다보고, 모자도 써보면서

서두르지 않고 장을 봤어. 1년 사이에 아이가 많이 컸더라구. 뒤에서 재잘재잘대는 말소리, 노랫소리를 들으면서 한참 같이 걸었지."

"가서 인사하지, 왜 멀리서 보기만 했어."

"그러려고 했어. 몇 번씩이나 달려가려고 했는데, 그애의 작은 손이 새언니 치맛자락을 꽉 붙들고 있는 거야. 꼭 갓난아기 때처럼. 장을 다 보고 나서 두 사람, 좁은 나무의자에 나란히 앉아서 떡볶이를 먹더라. 찬이는 입을 벌리고 새언니가 물에 씻어주는 떡볶이를 받아먹었어. 기분이 좋은지 두 발을 까딱거리면서."

나는 바닥의 고운 모래에 작은 동그라미를 그려댔다. 고모는 말을 이으면서 내가 하는 양을 바라보았다.

"만약에 내가 술에 취했거나 잠에서 덜 깬 상태였다면 오빠 생일에 찾아갔을 거야. 그앨 여기로 다시 데리고 와서 하루종일 텅 빈 집안에서 밥을 먹고, 책을 읽고, TV를 보다가 혼자 잠들게 했겠지. 하지만 나는 그날 누구보다도 맑은 정신이었어. 그렇게 명확하게 사리 분별을 할 수 있었던 적은 처음이었지. 곧장 돌아서서 혼자 미국으로 왔어. 눈물 한 방울도 흘리지 않고서."

"고모도 와서 같이 살면 됐잖아."

고모는 모래 위의 오렌지 껍질을 바라보았다.

"결혼생활은 처음부터 삐걱거렸어. 로저는 미국에 모든 게 준비되어 있는 것처럼 말했지만 사실상 그에겐 아무런 기반도 없었어. 경기 불황으로 변변한 곳에 취업도 할 수 없는 상황이었고, 그렇다고 어디 가서 품팔이를 할 만한 기백도 없었지. 그는 가여울 만큼 아무도 믿지 못했어. 나는 내가 그를 도와줄 수 있다고 믿었고. 우습지? 난 정말 우리가 나아질 수 있을 거라고 믿었어. 찬이를 맡겨둔 건 시간을 벌기 위해서였어. 상황이 좋아지면 아이를 언제든지 데려올 수 있다고 생각했지. 하지만 찬이가 떠나고 나서 문제는 더 늘어나기만 했어. 우리는 그후 3년 내내 지긋지긋하게 싸우고 또 싸웠어. 돈도, 건강도 바닥나버렸지. 로저와 헤어졌을 땐 남은 한 방울까지 모두 짜내고 말라버린 뒤였어. 돌이켜보니까 6년간 지옥에서 살았더라. 지금 생각해도, 대체 어떻게 그 시간들을 견뎠는지……"

고모는 손그늘을 하고 먼바다를 바라보았다. 그녀는 조금 지쳐 보였다.

"혼자가 돼서 한 푼 없이 거리로 나섰는데 이상하게 한국으로 돌아가고 싶지는 않더라. 그렇게 되면 내가 지나온 그 시간들이 전부 무의미한 것이 되어버릴 것 같아서. 오기인지는 몰라도, 나는 넘어진 자리에서 다시 일어나고 싶었어."

민이는 언제 깨어났는지 말없이 누워서 눈을 깜빡거리고 있었다. 고모는 밝은 목소리로 말을 계속했다.

"그게 잘못된 선택이었다고 해도 어쩔 수 없는 일이지. 나는 내가 할 수 있는 일을 했던 것뿐이야."

"왜 할머니한테 가짜 편지를 쓴 거야?"

고모는 미소를 지었다.

"즐거움을 위해서. 만약에 우리가 원치 않는 인생을 살아갈 수밖에 없는 거라면, 그런 작은 위안도 누리지 못할 이유는 없잖니."

해가 머리 위로 떠오르자 민이는 모래를 털고 자리에서 일어나 커다란 컵에 담긴 물을 숨도 쉬지 않고 마셨다. 우리는 점심으로 싸온 것들을 늘어놓고 정복하듯이 하나하나 먹어나갔다. 좋은 음식을 먹고 있으면 앞으로 힘든 일 같은 건 일어나지 않을 거라는 생각이 드니까. 고모와 나는 사소한 농담에도 웃으면서 식사를 했다. 기운을 차린 민이가 바다를 배경으로 여러 장의 사진을 찍어주었고, 우리는 그 사진이 무척 마음에 들었다.

식사를 마치고 고모는 책을 읽었고, 레이철과 민이는 이어폰으로 함께 음악을 듣기 시작했다. 나는 홀로 바다에 들어갔다. 미지근한 바닷물이 종아리에서 찰랑거렸다. 바닷물은 햇빛에 따라 녹색과 파란색 사이에서 흔들리고 있었다. 바다 깊은 곳으로 들어갈수록 서늘한 기운이 돌았다.

한 번도 햇볕에 닿아본 적 없던 내 몸 안쪽에서 뜨겁고 간질거리는 느낌이 들었다. 나는 더욱더 깊이 들어갔다. 머리카락이 미역처럼 둥둥 떠올랐다. 뒤를 돌아보니 이미 해변에서 꽤나 멀리 나와 있었다. 민이가 내 이름을 부르는 소리가 들렸다. 나는 등을 돌리고 바다 안으로 계속 걸음을 옮겼다. 점점 더 서늘해지는 기운이 가슴팍을 넘어서더니 발끝에 닿아 있던 모래 바닥이 부드럽게 무너지면서 물살이 목 위로 올라왔다. 파도가 아찔하게 머리 위를 넘어섰다.

물살에 속절없이 몸을 맡겨버린 그 순간, 누군가 내 팔을 강하게 끌어당겼다. 나는 입과 눈 속으로 들어온 물 때문에 콜록거리면서 위로 끌려 올라왔다. 정신을 차려보니 화가 난 민이가 내 어깨를 치면서 죽으려고 작정을 했냐고 소리지르는 중이었다. 나는 숨을 헐떡거리면서 한참 동안 민이의 손을 잡고 있었다. 그애의 목소리가 멀리서 들리는 것 같았다. 바닷물이 허리선에서 찰랑거렸고 튜브에 몸을 싣고 둥둥 떠다니는 아이들이 웃어대는 소리가 들렸다. 나는 민이에게 입을 맞췄다. 누군가 먼 곳에서 피리를 부는 것처럼 막연하고 가느다란 빛이 느껴졌다. 슬프고 아쉬운, 꺼져가는 빛이었다. 물에 젖은 민이의 가슴에서 세차게 뛰는 심장박동이 느껴졌다.

천천히 나는 눈을 떴다. 민이는 꼼짝도 하지 않았다. 나는 혼자 바다에서 걸어나왔다.

파라솔 그늘 아래서 책을 읽던 고모는 아이스크림을 먹고 싶다고 주문한 뒤 잠이 들어버렸다. 레이철이 해변 끝에 있는 마트까지 가서 아이스크림을 사왔는데, 그때까지도 혼곤히 잠든 모양새였다. 참다못한 레이철이 고모를 흔들어댔지만 꿈쩍도 하지 않았다. 나는 고모의 머리맡으로 가서 고개를 숙이고 고모를 내려다보았다. 내 머리카락에서 흘러내린 물방울들이 고모의 얼굴 위로 떨어졌다. 고모는 일어나지 않았다.

2005. 7. 18.

프로젝트 J의 멤버 발표가 있었어요. 지난해부터 대규모의 탐사팀이 꾸려질 거라는 소문이 있었고, 우주비행사들 대부분이 초연하지 못했죠. 누가 엔트리 멤버에 들어갈 것인가 내기를 걸 정도였으니까요. 모두들 전에 없던 새로운 임무를 원했어요. 오래전 누군가처럼 유명세를 얻고, TV 광고를 찍고, 기념우표의 주인공이 되고 싶어했죠. 저요? 글쎄요. 전 더 바라는 게 없었어요. 전 기존의 잡다한 임무들에 만족했어요. 놀라운 바깥세상을 볼 수 있는 것, 무중력의 공간을 둥둥 떠다니는 것, 그래서 잠시라도 지구를 잊는 것에 만족했죠. 그런데 대체 무슨 이유에서였을까요? 저는 프로젝트 J의 마지막 멤버로 지명을 받았죠.

멤버들은 자정이 다 된 시각에 극비 긴급 소집이라는 연락을 받고 연구소장의 방으로 모였어요. 이름만 대면 알 만한 과학자들이 이미 도착해서 우리를 기다리고 있었죠.

"여러분 같은 인재들과 함께 사업을 도모하게 된 것을 기쁘게 생각합니다. 이제 우리는 과학의 이름으로 인류의 다음 단계를 준비하게 될 겁니다."

소장의 인사말과 함께 대형 스크린이 작동하기 시작했어요. 우리 앞 세대 선배들의 모습이 보였고, 그들이 달에 닿는 장면이 펼쳐졌죠. 이미 수십 번도 더 봤던 장면이었어요. 엄마도 오래전에 저와 함께 보셨잖아요. 그런데 그다음에 나온 화면들은, 충격 그 이상의 것들이었어요. 비행사들은 입을 딱 벌리고 아무 소리도 내지 못했죠. 그것은 달에 우주기지를 건설하고 있는 장면이었어요. 원형 돔 모양, 볼링 핀 모양, 낮은 꽈배기 모양의 건물들이 달의 평탄한 지역에 하나둘 완성되고 있었죠.

"놀랄 것 없습니다. 이것은 공공연한 비밀이니까요. 달은 인간이 우주로 나아가기 위한 전초기지로서 완벽한 장소입니다. 지구에서 영원히 살 수 없다는 걸 모두가 알고 있는데, 저 다리를 건너지 않으면 사실상 미래 계획은 불가능한 게 아닙니까. 사업에 투자를 원하는 국가들로부터 화폐의 의미를 따지기 어려울 만큼 큰 자금이 투입되었습니다. 여러분은 이 프로젝트에 중추 연구원으로 투입될 겁니다. 세부사항에 대한 브리핑이 끝나는 대로 기지로 이전할 준비를 마치세요."

소장은 마치 저녁식사에 초대라도 하듯이 가볍게 말을 마쳤어요. 저는 빙빙 돌아가는 바닥에 넘어지지 않으려고 무릎에 힘을 줘야 했죠.

일주일 뒤, 비행사들은 기지 답사에 참여했어요. 답사가 끝나면 집으로 돌아가서 최대한 빨리 주변을 정리하고 기지에서의 생활에 적응해야 한다고 했죠. 동료들과 저는 다소 무거운 마음으로, 또 한편으로는 설레는 기분으로 우주선에 올랐어요. 저는 지금껏 한 번도 달에 가본 적이 없었죠. 우주선이 출발하자 손끝에서부터 전기가 오르는 것 같았어요.

마침내 우주선이 달 표면에 착륙했을 때 제 온몸에 감미롭게 와닿았던 충격을 잊을 수 없어요. 우리는 순서대로 장비를 착용하고 우주선 밖으로 나갔는데, 그 거대한 운동장 같은 달의 표면에 제일 먼저 놀랐어요. 온통 구덩이와 흙투성이였죠. 표면은 작고 고운 가루로 덮여 있어서 발끝으로 건드리기만 해도 쉽게 입자가 날렸어요. 덕분에 부츠 앞과 양 옆에 석탄가루 같은 미세한 가루들이 잔뜩 달라붙었죠. 저는 보폭을 좁히고 아주 조심스럽게 걸어갔어요. 달의 중력은 지구 중력의 6분의 1밖에 되지 않아서 조금만 압력을 가해도 캥거루처럼 튀어오를 수 있거든요. 곳곳에 분화구가 아주 많았는데 마치 작은 화산들처럼 보였어요. 말로만 들었던 '풍요의 바다'와 '맑음의 바다'가 먼 데서부터 눈에 들어왔어요.

달에서 '바다'라고 부르는 지역은 지구의 깊고 푸른 바다와는 달라요. 그것은 조악한 천체망원경으로 달을 연구하던 시절에 관측자들이 달 표면의 어둡고 평탄한 지역을 바다로 오해했기 때문에 비롯된 명칭이죠. 실체가 밝혀진 뒤에도 명칭은 바뀌지 않았어요. '고요의 바다' 앞에 내린 우리 일행은 '잠의 늪'이라고 불리는 산길을 지나갔어요. 온갖 형태의 돌들이 사방에 늘어서 있고 그 색깔은 빛이 반사되는 각도에 따라서 계속해서 변화했죠. 마침내 달의 뒤쪽으로 접어들자, 영상에서 보았던 기지 건설물들이 모습을 드러냈어요. 미리 알고 왔기에 망정이지 그렇지 않았더라면 외계인이라도 살고 있는 줄 알았을 거예요. 그때 갑자기 유리로 된 문이 열리고 어떤 사람이 우리를 향해 걸어나왔죠. 그는 이전 임무 중 사망한 것으로 알려져 있던 연구원 P였어요. 그는 그동안의 고독에 몹시도 지쳤는지 우리를 한 명 한 명 끌어안았어요.

기지 답사를 끝내고 지구로 돌아오는 비행에는 사흘이 걸렸죠. 동료들은 집에 도착하면 곧 이별을 준비해야 한다는 걸 잘 알고 있었어요. 돌아가는 내내 아무도 입을 열지 않았어요. 그들 중에는 아이를 가진 아버지도 있었고 이제 막 결혼을 한 신부도 있었으니까요. 누구도 우리에게 달로 떠나라고 강요하지 않았어요. 지금이라도 모든 걸 그만두고 돌아설 수도 있었죠. 하지만 우리는 누구도 그러지 않으리라는 걸 알고 있었어요. 창밖으로 파란색 지구가 가까워지자 모두가 담담하게 그것을 바라보았어요. 이제는 과거가 되어버린 그 행성은 우주에서 보기 드물게 아름다운 곳이었죠.

땅속으로 1미터

간호사들이 팔뚝을 묶고 피를 뽑은 다음 약을 투여하는 동안에도 고모는 눈을 뜨지 않았다. 민이와 내가 겁에 질려 공황 상태에 빠진 것과 달리 레이철은 침착하게 의사의 말을 들으며 고개를 끄덕였다. 무표정한 의사는 고모의 혈압을 재 본 뒤에 병실을 나갔다.

"오늘내일 안에 깨어날 거래. 너무 걱정하지 마."

레이철이 우리에게 다가와서 말했다.

"도대체 왜 그러는 건데요? 왜 갑자기 쓰러져서 못 일어나는 거예요?"

나는 속사포처럼 질문을 퍼부어댔다. 레이철은 입을 다

물고 누워 있는 고모를 바라보았다. 그녀는 우리가 이해하기 쉽도록 차근차근 상황을 설명해주었다. 폐에 생긴 종양이 10년 전 어떻게 암으로 발전했는지, 암이 치료되고, 재발되면서 어떤 고비를 넘나들었는지, 항암 치료가 어떻게 삶을 무너뜨리는지. 시간상 암은 로저와 헤어진 직후 발병되었다. 그리고 작년에 세번째로 재발되었다. 고모는 항암 치료를 거부한 상태였다.

"선천적으로 폐 기능이 약한 사람인데, 항암 치료를 하면서 몸이 더 망가졌어. 폐 내벽이 비대해지는 변형이 왔거든. 산소 교환이 점점 더 어려워지고 호흡에 문제가 생기는 거야."

레이철은 고모의 병증에 대해 누구보다 잘 알고 있는 듯했다. 그녀는 젖은 눈으로 "그래도 이렇게 쇼크가 온 적은 없었는데……"라고 중얼거렸다. 말없이 듣기만 하던 민이는 무릎 사이에 고개를 파묻어버렸다.

"수술 같은 건 안 해요?"

고모의 입안에 삽입된 고무관 속에서 슥, 슥, 호흡을 끌어내는 소리가 들렸다. 레이철은 무겁게 고개를 저었다.

"폐 변형에 대해서는 근본적인 치료 방법이 없대. 병원에서도 진행이 더뎌지도록 약을 처방해주는 것 말고는 아무것도 하지 못한다고 했어. 약으로는 일시적인 효과를 볼 뿐이야."

그 말들은 고모의 거친 호흡 소리처럼 그르렁거리기만 할 뿐 잘 이해되지 않았다. 나는 얇고 가벼운 베일 수만 겹에 친친 감긴 것 같았다.

"점점 더 호흡에 어려움을 겪다가 결국에는 호흡이 불가능해지는 때가 올 거라고 했어."

"숨을 못 쉬면 죽는 거잖아요."

레이철은 그게 마치 자기의 잘못인 것처럼 고개를 숙이고 우리를 쳐다보지 못했다.

믿을 수 없는 일을 겪을 땐 나 자신으로부터 멀어지는 기분이 든다. 온 세상이 시야 밖으로 물러나버린다. 나는 새끼손톱만큼 작아진 레이철과 민이를 바라보았다.

고모는 내가 어릴 때부터 심장이 두근거린다는 소리를 자주 했었다. 길을 걷다가도 갑자기 멈춰 서서 숨을 몰아쉬곤 했다. 그럴 때면 고모는 한참 호흡을 고른 뒤에 "나는 남들보다 공기가 많이 필요하거든"이라고 말했었다. 아무렇지 않은 듯 어깨를 으쓱해 보이고 작은 내 손을 잡아당기면서.

저녁 무렵 조엘이 도착했다. 레이철은 집에 가서 고모에게 필요한 것들도 챙겨오고 옷도 갈아입어야 한다며 억지로 우리의 등을 떠밀었다. 나는 침대 맡에 다가앉는 조엘을 돌아보면서 병실에서 나왔다. 수염이 거뭇하게 올라온 그는 지난번보다 더 나이들어 보였다.

레이철은 차를 운전하며 크게 걱정하지 않아도 된다고 여러 번 반복해서 말했다. 그러나 목소리가 떨리는 걸 보아 두려워하는 쪽은 오히려 그녀라는 걸 알 수 있었다. 창밖으로 해가 지고 있었다. 하늘이 희미한 보라색으로 물들었다. 나는 눈을 감았다가 잠이 들었다.

편지가 오지 않았다면 할머니는 다시 웃지 않았을 것이다. 나는 기억하고 있다. 하루에도 몇 번씩 고모에 대한 이야기를 꺼내며 웃고 울던 할머니는 찬이가 집에 온 뒤 입을 다물어버렸다. 어깨를 움츠리고 고개를 숙인 채 바닥만 내려다봤다. 내가 학교에서 돌아와도 간식을 챙겨주지 않고 말도 걸지 않았다. 할머니는 작은 소리에 깜짝깜짝 놀라면서 끝도 없이 낮잠을 잤다. 나는 그때 할머니가 어떤 빛을 잃었다고 생각했다. 언제나 할머니를 감싸안아서 그녀를 다른 사람들과 다르게 보이도록 했던, 가벼운 에너지, 빛깔 같은 것.

대체 어디로 사라졌을까 궁금해하고 있을 때 그것은 어느 날 불현듯 다시 할머니 곁으로 돌아왔다. 할머니는 다시 색

색깔의 잼을 만들고, 할아버지와 논쟁을 시작하고, 밤이면 창문을 활짝 열어놓고 취한 듯이 하늘을 쳐다보았다. 이제와 생각해보면 그것은 모두 고모의 편지 덕분이었다.

편지는 10년 전부터 할머니에게 왔다. 고모가 자신의 인생에서 로저를 떼어내고, 악성종양을 얻은 해였다. 말도 안 되는 우주비행사 거짓말을 시작한 해. 미국에 오기 전 나는 고모가 그 편지 밖으로 나올 수 있도록 도울 작정이었다. 집으로 돌아가 할머니 할아버지, 그리고 찬이에게 고모가 바로 이곳에 생생히 살아 있다는 사실을 전하려고 했다. 하지만 이제는 그것이 가능한 일인지 알 수 없었다. 그들에게 뭐라고 말한단 말인가? 불운 끝에 간신히 살아남았지만, 언제까지 계속 살아남을지는 알 수 없다고?

병원으로 가져갈 짐을 꾸리고 있을 때 나는 울고 있었다. 서랍장을 여닫다가 손을 세게 부딪혔던 것이다. 뜻밖에도 고통은 내게 안도감을 주었다. 그래서 나는 계속했다. 서랍을 열고 닫으며 두 손을 강하게 찧어댔다. 곧 뼈가 부서지는 것 같은 아픔이 느껴졌다. 나는 세상을 이해할 수 없었다. 분명한 것은 고통뿐이었다. 아무리 노력해도 이 세상에서 살아가는 일을 좋아할 수 없을 것 같았다. 흐느낌이 멈추지 않았다. 두 손을 가슴에 모으고 몸을 웅크리자 머리카락이 흘러내렸다. 그때 뭔가가 둔탁한 소리를 내면서 내 발치로 떨어져 굴러갔다. 서랍장 위에 잡다한 소지품과 뒤섞여 있던 도시락통이었다. 나는 무릎으로 기어가 도시락통을 열어보았다.

모두가 잠든 시간에 손전등을 들고 집밖으로 나오자 목 뒤쪽 신경이 곤두서는 것 같았다. 집 주변은 야외등이 없어서 한 치 앞도 가늠할 수 없는 암흑이었다. 나는 내가 묵는 방의 창문 앞에 있는 유칼리나무를 찾았다. 유칼리 특유의 시원한 향기가 났다. 나는 그 앞에 쪼그려앉아 바닥을 파헤치기 시작했다. 민이에게 모래를 덮어줄 때 썼던 모종삽으로 흙을 파내려니 여간 힘들지 않았다. 어두운 데서 갑자기 누가 튀어나올 것 같아 심장이 오그라들었다. 뭔가 바스락거리는 소리가 들릴 때마다 깜짝 놀라서 손을 멈췄다가 다시 삽을 박아넣었다. 처음엔 영 시원치 않던 것이 시간이 지날수록 리듬감이랄까 속도감이 생겼다. 구멍의 깊이가 깊어지자 자신감이 붙었다. 문득, 삽으로 땅을 파는 행동이 지구상에서 가장 실존적이라는 해괴한 생각이 들었다. 나는 팔뚝에 경련이 일 때까지, 쉴새없이 삽질을 했다. 마침내 만족할 만한 깊이가 되었을 때 나는 자리에서 일어나 땀을 뚝뚝 흘리면서 구멍을 내려다보았다.

알약들은 차르르, 블라인드를 내리는 것 같은 소리를 내며 땅에 떨어졌다. 방금 내린 눈처럼 쌓인 내 어리석음을 바라보며 나는 그 위로 흙을 덮었다. 죽을힘을 다해 파낸 땅을 다시 평평하게 메우는 작업은 땅을 파는 것보다 훨씬 더 실존적인 일이었다. 나는 비틀거리면서 방으로 돌아와 침대에 몸을 던지고 곧바로 곯아떨어졌다.

다음날 아침 나는 레이철의 휴대폰 벨 소리에 잠에서 깼다. 방에서 나오는데, 손과 팔에 전기가 흐르는 것 같았다. 나는 뻣뻣해진 팔을 들어올려 레이철에게 인사했다. 전화는 조엘에게서 온 것이었다. 레이철은 스피커폰으로 전화를 받았다.

"그녀가 깨어났어."

조엘의 목소리는 바다에서 막 건져올린 사람의 것처럼 들렸다. 레이철은 옆에 있던 나를 끌어안았다. 나는 그에게 고맙다고, 곧 우리가 가겠다고 말했다.

민이와 내가 병원에 갈 준비를 마쳤을 때 레이철은 앞치마를 두르고 있었다.

"뭐 하고 있어요?"

"하루라도 빼먹으면 안 되거든."

"뭘요?"

"샌드위치 말이야. 아직 몰랐니?"

부엌에 뭐가 있는지 살피면서 말하느라 두서가 없었지만 이야기의 전말은 간단했다. 고모는 우주센터에서 일하기 시작한 해부터 매일 백 개의 샌드위치를 어딘가로 보내고 있었다.

"그곳이 어딘데요?"

"나도 자세한 건 몰라. 약속을 목숨처럼 지킨다는 것 외에는."

분명한 것은 그 샌드위치들이 불운한 누군가에게, 당장의 허기로 무릎이 꺾이는 이들에게, 길이 보이지 않는 사람들에게 매일같이 보내져왔고, 그 일을 멈추는 것은 해가 뜨기를 멈추는 것과 같다는 사실이라고 레이철은 말했다. 잠시 후 그녀의 메이드가 양손 가득 장을 봐서 오두막에 왔다. 우리는 스페인어로 인사하고 집을 나섰다.

조심스럽게 병실 문을 열었을 때 고모는 맨손체조중이었다. 병원복이 햇빛에 반사되어서 고모는 마치 천사처럼 현실감이 없어 보였다. 고모는 두 팔을 쭉쭉 뻗으면서 위아래로 휘두르다가 우리를 보고 환하게 웃었다. 나는 웃지 말라고 버럭 소리를 질렀다.

조엘은 침대 옆의 소파에서 녹아 흘러내릴 것 같은 포즈로 잠들어 있었다. 완전히 곯아떨어져서 내가 내지르는 소리에도 깨지 않았다.

“몸이 아프다는 말을 왜 안 했어? 가족들한테는 언제까지 숨기려고 한 거야?”

“영원히. 너한테 들키지 않았으면 성공했을 텐데.”

고모는 고개를 원 모양으로 돌리면서 우리를 흘긋 쳐다봤다. 민이가 달려들어 고모의 허리를 끌어안았다. 고모는 그 애를 떼어내려고 했지만 도저히 떨어지지 않자 그냥 꼭 안아줬다.

“난 괜찮아. 약속하는데, 네가 그 예쁜 다리에 제대로 왁싱을 하고 원피스에 하이힐 신는 걸 보기 전까지는 절대로 눈을 감지 않을 거야.”

“정말 괜찮으신 거죠?”

“여름 원피스의 맛을 알지 못한다니, 남자들은 얼마나 가여운 인간들이니.”

고모는 원피스 환자복을 펄럭여 보이며 말했다. 민이는 정말 그렇다고 고개를 끄덕였다. 간호사가 식사를 가져오자 고모는 대화를 중단하고, 우리에게는 조금도 권하지 않고, 음식을 말끔히 먹어치웠다. 더이상 걱정하는 소리를 하기가 멋

쩍을 정도였다.

한국으로 떠나는 비행기의 출발일이 바로 다음날로 다가와 있었다. 우리는 날짜를 미루기 위해서 항공사에 전화를 했지만 할인 항공권이라 연기가 불가능하다고 했다. 우리는 반액만 환불받고 며칠 뒤에 비행기표를 다시 끊을 작정이었다. 그 말을 들은 고모는 정색하며 우리를 말렸다.

"무슨 소리야? 한 푼도 못 버는 주제에 왜 쓸데없는 돈을 쓰려고 해? 휴가는 끝났어. 빨리 가서 짐 싸."

"고모가 이러고 있는데 우리가 어떻게 가?"

"내일 아침에 한 번만 더 들러줘. 그거면 돼. 어차피 오후쯤엔 퇴원할 생각이었으니까. 주말엔 가게가 너무 바빠. 너희에게 신경쓸 시간도 없어."

고모는 잠든 조엘의 목에 베개를 받쳐주면서 말했다. 그 기운찬 목소리에 나는 더이상 아무 말도 못하고 병실에서 떠밀려 나왔다.

전날 저녁부터 한 끼도 먹지 못한 민이와 나는 병원 근처의 중국요릿집에 갔다. 민이는 한마디도 하지 않고 꿀꺽꿀꺽 물만 마셨다. 나는 맑아진 정신으로 탁자 위의 손을 내려다보고 있었다. 손이 왜 그렇게 벌겋게 부었냐고 민이가 물었다. 나는 얼른 손을 가리며 별것 아니라고 중얼거렸다. 불편한 침묵이 흘렀다.

"그때 바다에서……"

마침내 민이가 입을 열었다.

"나한테 왜 그런 거야? 혹시 실수였니?"

"아니. 실수 아니었어."

나는 담담하게 대답했다.

"키스해보면 알 거라고 생각했어. 네가 여자가 될 수 있을지 없을지."

"……"

"이제 고민은 그만해. 너는 나보다도 더 여자니까. 완벽하게."

음식이 나왔지만 민이는 꼼짝도 하지 않았다. 그애의 눈이 붉게 달아올랐다. 나는 꽃빵을 아귀아귀 먹어대며 말했다.

"정말 비참한 게 뭔지 알아? 넌 나보다 예쁜 여자가 될 거라는 거야."

그렇게 말하고 나니 놀라울 정도로 마음이 가벼워졌다. 우리 사이가 막 다른 것으로 변했다는 것을 나는 깨달았다. 그래도 우리는 여전히 친구였다.

그날 나는 처음으로 민이의 구체적인 계획에 대해서 들었다. 호르몬 투여 이후 수술 절차와 그후의 삶에 대해서. 민이는 꽤나 치밀한 계획을 가지고 있었다.

흥분한 민이는 그 좋아하는 새우딤섬도 다 먹지 않고 말을 쏟아냈다. 민이는 수술 이후 모델 일을 그만두고 뜻이 맞는 디자이너들과 의류 사업을 시작할 거라고 했다. 우리는 인터넷 마켓의 가능성과 민이가 만들어낸 브랜드로 벌어들일 수 있는 돈에 대한 허황된 이야기를 끝도 없이 늘어놓았다. 민이는 내게 신문사 하나를 통째로 사주겠다고 했고 나는 고맙게 받아서 건물을 테마파크로 개조하겠다고 했다.

집으로 돌아온 우리는 레이철을 도와 샌드위치를 만들었다. 여분으로 더 만든 것을 저녁으로 먹었다. 샌드위치는 정말 맛있었다.

커피와 샌드위치를 싸서 다시 병실로 갔을 때 고모와 조엘은 둘 다 잠들어 있었다. 우리는 그들이 손을 잡고 있는 것을 보고 다시 문을 닫았다.

열기가 다 식은 여름밤이었다. 바람이 목뒤를 쓸고 지나가자 청량함이 느껴졌다.

"저 아저씨 마음에 들지?"

민이가 물었다.

"그럭저럭."

"뭐, 아주 마음에 쏙 들어놓고는."

나는 입을 내밀었다. 반대편 도로에 힙합 음악을 틀어놓고 춤을 추는 비보이들이 있었다. 쿵스탁, 쿵스탁, 음악소리가 땅을 울렸다.

"슬리퍼 장사라는 게, 너무 야망이 없는 거 아닌가."

"그게 기쁨일 수도 있잖아."

민이는 음악에 맞춰 까딱까딱 고개를 흔들며 말했다.

"아무도 간섭하지 않는 차 안에 앉아서 온종일 뜸한 손님을 기다리는 거, 그것만이 저 아저씨의 야망일지 누가 알겠어."

구름 산책

아침에 눈을 떴을 때 거실에서 마구 웃는 소리가 들렸다. 맨발로 달려나가보니 조엘과 고모, 민이와 레이철이 모두 소파에 앉아 있었다.

"어떻게 된 거야?"

"일찍 퇴원했어. 어차피 거기에선 침대밖에 쓰지 않는걸."

고모는 유쾌하게 말했다.

"너무 비싼 침대야. 일을 이틀씩이나 빠질 수도 없고."

레이철과 조엘은 그 말에 찬성하는 표정이 아니었지만 고모는 신경쓰지 않는다는 듯 출근 준비를 시작했다.

"이렇게 됐으니 너희가 나를 배웅해줘야겠다."

우리는 고모를 케네디우주센터에 내려준 뒤 공항으로 가기로 했다. 나는 차에 타기 전에 집 뒤에 있는 텃밭에서 돌멩이를 몇 개 주워왔다.

"그건 뭐 하게?"

민이가 물었다.

"기념 삼아서."

자동차가 도로를 달리는 동안 우리는 한마디도 하지 않았다. 창문 밖으로 풍경이 휙휙 지나쳐갔다. 곧 헤어진다는 생각은 전혀 들지 않았다. 마치 이제 막 팀을 꾸려 여행을 시작한 기분이었다. 고모는 뒷좌석에 홀로 앉아서 콧노래를 흥얼거렸다. 비틀스의 〈Blackbird〉였다.

우주센터에 도착하자 고모는 "잠깐만!" 하고 어디론가 달려가더니 금방 다시 나타났다.

"이거 때문에."

고모의 손에는 일회용 카메라가 들려 있었다. 우리는 우주센터의 입구에 있는 로켓 모형 앞에서 돌아가며 사진을 찍었다. 민이는 우주복을 입은 마네킹에 어깨동무를 하며 포즈를 취했다. 레이철과 조엘은 우주센터에 처음 와본다고 했다. 민이는 구경할 만한 것을 보여주겠다며 앞장서서 그들을 데려갔다.

“누가 누굴 구경시켜주겠다는 거야. 관광객 주제에.”

나는 고모 옆에서 그들을 바라보며 웃었다. 그리고 잠시 침묵이 흘렀다. 우리는 가까운 벤치에 나란히 앉았다.

“일하는 걸 안 줄이고 쉬지도 않으면 더 아플 거야.”

나는 고모를 보지 않고 말했다.

“제발 자신이 환자라는 걸 잊지 마.”

“일을 줄이고 주저앉아 쉬면, 병이 낫나? 내가 환자라는 사실을 받아들이면 뭐가 달라지는 거야?”

바람이 불어서 야자수 잎이 휘청휘청 휘날렸다. 고모는 흩날리는 내 머리카락을 귀 뒤로 넘겨주었다.

“세상은 언제나 우리가 생각하는 것 이상이야.”

고모는 부드럽게 웃었다.

“생각처럼 나쁘지는 않은데, 그게 늘 우리의 밑그림을 넘어서니까 당황하고 불신하게 되는 거야. 이렇게 네가 나를 보러 와준 것처럼 기대 밖의 좋은 일도 있는 거고, 그 반대의 경우도 있는 거고. 고모는 그걸 알기 때문에 세상에 빚진 것이 없어.”

“그래서?”

“자유지.”

똑같은 옷을 맞추어 입은 이탈리아 관광객들이 옆에서 치즈를 외치며 사진을 찍었다. 머리 위에 새파란 하늘이 끝도 없이 펼쳐져 있었다.

"여기. 선물이야."

나는 고모에게 종이백을 내밀었다.

"내가 가고 나면 풀어봐."

"뭘까?"

고모는 좋아하면서 종이백을 흔들어댔다.

고모가 아폴로 센터로 들어간 뒤, 레이철과 조엘이 우리를 배웅하겠다며 따라왔다. 공항으로 가는 길에 우리는 'MORPHINE'을 한번 더 지나갔다. 번쩍이는 불빛이 사라진 한낮의 그 휴게소는 하마터면 못 알아보고 지나칠 정도로 초라한 건물이었다. 창문에는 비닐이 붙어 있었고 한쪽 벽은 거의 무너질 것처럼 기울어져 있었다. 하지만 화장을 지운 초로의 여인처럼 스산한 외관을 드러낸 그 건물은 어딘지 사람의 마음을 끄는 데가 있었다. 나는 그 현란했던 건물의 실체를 아주 작은 점이 될 때까지 바라보았다.

공항은 여행자들로 북적거렸다. 레이철은 우리를 차례로 뜨겁게 안아주었다. 따뜻하고 넓은 가슴이 나를 완전히 폭 싸안았다.

"고모에게 무슨 일이 생기면 곧장 올게요. 바로 연락 주세요. 꼭이요."

"무슨 일이 안 생겨도 연락할게. 또 놀러와."

조엘은 열 켤레도 넘는 슬리퍼가 담긴 비닐봉투를 내밀었다. 인사의 말을 하고 돌아서기 직전 나는 다급하게 조엘의 옷을 잡아당겼지만 무슨 말을 해야 할지 몰랐다. 조엘은 아무 숨김 없는 갈색 눈동자로 나를 바라보며 말했다.

"걱정 마. 여기 그녀에게도 가족이 있어."

나는 그가 그렇게 쉽고 간단한 말로 나를 이해시켜준 데에 고마움을 느꼈다. 덕분에 출국장을 향해 가는 동안 한 번도 뒤돌아보지 않을 수 있었다.

민이와 나는 비행기에 타자마자 조엘이 준 슬리퍼로 갈아신었다. 민이는 신음을 내뱉었다.

"와, 이거."

그랬다. 마치 구름 위에 있는 것처럼 편안하고 부드러운 슬리퍼였다. 나는 한숨을 내쉬며 하얀 창밖을 보았다. 지금쯤이면 고모도 내 선물을 열어봤을 거라는 생각이 들었다.

다소 조악한 포장을 뜯어내면 자그마한 상자가 나온다. 그 안에는 커다란 야자수가 그려진 사진첩이 들어 있을 것이다. 사진첩의 첫 장을 넘기면 내가 심혈을 기울여 고른 사진들이

나올 것이다. 스무 장의 찬이 사진. 마지막 장에는 찬이의 휴대폰 번호가 적힌 종이와 교복에서 몰래 떼어낸 이름표도 넣었다. 고모는 그 사진을 보고 큰 소리로 웃을지도 모른다. 정말 엄청나게 이상하고 장난스러운 표정을 지은 것들만 넣었기 때문이다. 특히 자다가 막 일어났을 때 화난 표정을 찍은 사진은…… 찬이는 화가 나면 얼굴이 맹꽁이처럼 변한다. 콧구멍을 벌름거리면서 동그란 눈으로 뚫어져라 상대방을 본다. 나는 고모가 예전처럼 큰 소리로 웃기를 바랐다. 찬이에 대한 기억을 상자 안에 꽁꽁 숨겨두는 것이 아니라, 냉장고나 벽에 붙여두고 웃으며 볼 수 있기를 바랐다.

민이는 비행 내내 깨지 않고 잤다. 나는 주황빛 독서등 아래에서 그애를 바라봤다. 이제 이 얼굴을 볼 날도 얼마 남지 않았다고 생각하니 이상한 기분이 들었다. 서울로 돌아가면 민이는 꿈꿔왔던 대로 '민희'나 '미니'가 되는 삶을 살아갈 것이다. 그리고 다시는 내가 아는 '민이'로 돌아오지 않을 것이다. 많은 것들이 달라질 것이다. 지금은 알 수 없는 상처가 기다리고 있을지도 모른다. 그애는 남자를 만날 수도, 여자를 만날 수도 있다. 그건 내가 아니겠지만, 그래도 괜찮다. 나는 그애가 백화점에 가서 옷을 갈아입는 동안 탈의실 밖에서 겉옷을 들고 기다려줄 수 있다. 전화를 걸어와서 울기 시작하면 멈출 때까지 들어줄 수도 있다. 그것이 친구로서 해줄 수 있는 일이다. 기다려주는 일. 그날 바다 한가운데서 민이의 따뜻하고 보송보송한 입술에 차가운 내 입술이 닿았을 때, 그애가 가만히 멈춰 서주었던 것처럼.

신입사원 환영회

1

할머니는 반대했지만 나는 극구 할아버지도 한자리에 모신 후에 여행 경과를 보고하겠다고 고집을 피웠다. 내가 방으로 밀고 들어가자, 할아버지는 왜 이러냐면서 버럭 소리를 질렀다. 나는 전처럼 문까지 잠그고 앉아 이야기를 시작했다.

처음에 내가 그랬던 것처럼 할아버지는 편지의 내용을 믿지 않았다. 고모가 직접 쓴 글씨를 보면서도 눈썹을 치켜올렸고, 내가 가져온 우주비행사 배지, 휘장, 직접 찍은 우주센터 사진들을 보고서도 못 믿겠다는 표정이었다. 할머니는 경고하듯 할아버지를 보면서 말했다.

"믿든 안 믿든 이건 기밀이니까 누구한테도 말하면 안 돼요."

"무슨 망신을 당하려고 이런 얘기를 떠들고 다녀!"

할아버지는 코웃음을 쳤다. 나는 이야기를 계속했다.

"고모는 잘 지내고 있어요. 정원이 아름다운 집에, 친구들도 많고, 모두가 선망하는 우주 사업 기관에서 일하고 있고요."

할머니는 고개를 끄덕였다.

"고모 없이는 우주센터가 돌아가지 않을 정도예요. 편지에 나온 대로 프로젝트 멤버로 뽑혀서 요즘은 정말 눈코 뜰 새 없이 바쁜 것 같았어요. 여기, 고모가 할아버지한테 전해 드리라고 준 편지예요."

할아버지는 눈을 가늘게 뜨고 편지를 받았다. 그리고 마치 거기에서 무엇이 튀어나오기라도 할 것처럼 얼굴에서 멀찌감치 떨어뜨린 채 읽어나갔다. 그동안 나는 할머니에게 고모의 남자친구에 대한 이야기를 했다.

"어떻더냐?"

"진중하고 사려 깊은 사람이에요. 능력도 출중하고요. 슬리퍼 사업을 하는데, 여기 이 슬리퍼 좀 신어보세요. 정말

기가 막히잖아요? 무엇보다 중요한 건 고모한테 꽉 잡혀 있다는 거예요. 고모 말 한마디면 무슨 부탁이든 들어준다니까요."

"그래?"

할머니는 싫지 않은 듯 되물었다. 할아버지는 편지지에 얼굴을 점점 가까이 가져가더니 이제 두 눈을 부릅뜨고 뚫어져라 바라보고 있었다.

"이제 됐으니까 가서 쉬어라. 피곤할 텐데."

할머니의 말에 나는 자리에서 일어서려다가 멈칫 서서 주머니를 뒤졌다.

"이거요."

나는 할머니와 할아버지의 손바닥에 작은 회색 돌멩이를 하나씩 올려놓았다.

"이게 뭐니?"

"월석月石이에요."

할머니는 너무 놀라 돌멩이를 떨어뜨렸다.

"원래 이렇게 빼돌리는 건 불법인데, 고모가 몰래 준 거예요. 할아버지 할머니께 가져다드리라고."

회색의 돌멩이는 형광등 아래서 반짝, 빛을 냈다. 할머니는 조용히 돌을 주워올렸다. 방문을 닫으면서 돌아보니 할아버지가 손안에 든 돌멩이를 조심스럽게 만지작거리고 있었다.

2

"누나!"

찬이는 멀리서부터 나를 보고 소리를 질렀다. 그때 나는 집 앞의 놀이터 벤치에 앉아서 '어째서 우리 동네 놀이터에는 정글짐이 없나'를 고민하고 있었다. 찬이가 내 눈앞으로 달려오자 내가 그애를 기다리고 있었다는 게 생각났다.

"낮에 도착한 거야? 여행은 좋았어?"

"응, 좋았지."

나는 찬이의 가방을 들어주려고 억지로 빼앗아 들었다가 그 어마어마한 무게에 놀라 바닥에 떨어뜨리고 말았다. 찬이는 크크거리면서 웃었다. 그것을 보고 나도 모르게 중얼거렸다.

"정말 닮았다."

"뭐?"

찬이가 미소를 흐리면서 물었다.

"웃을 때 말이야, 너희 엄마랑 정말 많이 닮았다구."

집에서 나와 이 놀이터로 왔을 때만 해도 별다른 계획이 없었는데, 찬이의 굳어버린 표정을 보자 내가 무슨 이야기를 해야 할지 알 수 있었다. 어쩌면 여행은 바로 이 순간을 위한 것이었을지 몰랐다. 아무도 내게 요구하지 않았지만, 그리고 나조차도 내가 잘해낼 수 있을지 의심스러웠지만, 막상 입을 열자 그 조각조각의 이야기들이 곁가지를 뻗어나가기 시작했다.

고모가 찬이를 가졌다고 선언했던 일, 얼마나 그애를 사랑하는지 보기만 하면 누구라도 알 수 있었던 표정들, 미국에서의 새 출발과 생각과 달랐던 결혼생활, 찬이를 데리러 왔다가 홀로 돌아갔던 날, 숲속에 있는 오두막, 가짜 편지들, (한참을 망설이다가) 고모의 폐에 생긴 문제들까지, 캄캄하고 조용한 작은 동네 놀이터에서 이야기는 거침없이 술술 풀려나왔다.

말을 마치자 찬이는 얼굴을 일그러뜨리면서 벌떡 일어나 버렸다.

"꺼지라고 해."

"뭐?"

"꺼져버리라고 그러라고!"

찬이는 자기 가방도 버려두고 엄청 빠른 속도로 달려갔다. 덕분에 나는 어깨가 무너질 것 같은 무게의 가방을 들고 홀로 집에 돌아와야 했다. 찬이는 그날 내내 방문을 잠그고 들어가서 나오지 않았다.

며칠 뒤에 민이는 가출을 했다. 그애의 부모님은 만약 민이가 호르몬 주사를 맞고 수술까지 감행한다면 절연하겠다고 말했다. 민이는 네 개의 가방을 챙겨서 나왔는데 그중 하나는 현금으로 가득차 있었다.

"머리 크고서 번 돈은 다 모아놨어. 내가 이만큼 잘 버는 줄 상상도 못했을걸?"

민이는 히죽거리며 우리집으로 왔다. 새집을 얻을 때까지만 우리집에서 지내는 것을 가족들이 허락해주었다. 좋은 집을 구하려면 절대 서둘러선 안 된다는 것이 할머니의 지론이었다. 민이는 당분간 찬이와 같이 2층 방을 쓰기로 했다. 찬이는 자기는 아무래도 상관없다며 어깨를 으쓱해 보였지만 그뿐, 더이상 말을 한마디도 하지 않았다. 묵언수행을 하는 애처럼 갑자기 말이 없어졌다고, 엄마가 찬이를 보며 걱정했다.

"엄마는 내 걱정이나 해. 가끔 보면 나보다 찬이를 더 생각하더라?"

"가끔이 아니라 매일이다, 왜?"

엄마는 내 등짝을 툭 치고, 찬이에게 줄 야식을 만들러 갔다.

민이가 병원에 가기 전날, 나는 아무도 모르게 민이네 집에 전화를 걸었다. 전화를 받은 민이 아버지는 차분한 목소리로 나에게 누구냐고 물었다.

"은미? 은미가 누구지?"

나는 어디서부터 설명해야 할지 망설이다가 그냥 전화를 끊었다. 그리고 민이와 함께 병원에 갔다. 의사로부터 호르몬 주사의 부작용에 대해서, 별 이상이 없다면 언제쯤 수술이 가능하며 국내와 국외 병원 이용시 장단점은 무엇인지에 대해 들었다. 민이가 간 수치 검사와 임상 심리 검사를 받기 위해 상담실에 들어가 있는 동안 나는 대기실 의자에 앉아서 창밖을 바라보았다. 누구도 원하는 인생을 살 수는 없다는 것이 너무도 분명해서 삶이 낯설고 불편한 영화처럼 느껴졌다.

검사 결과가 나온 뒤, 민이는 호르몬 주사 투여를 시작했다. 주사를 맞고 온 날이면 민이는 거울을 십 분에 한 번씩 들여다보았다. 얼굴선이며 콧대며 달라진 거 같지 않냐고 닦달을 해댔다. 그처럼 행복해하더니 세번째 주사를 맞고 온 날 밤, 열이 오르면서 앓기 시작했다. 할머니는 민이의 이마를 짚어보더니 진이 다 빠져서 그러는 거라고, 충분히 자게 두라고 했다. 민이는 이틀간 깨지 않고 정말 잠만 잤다. 그애가 깨어나기를 기다리는 동안 나는 민이의 속눈썹이 얼마나 긴지를 가늠해보았다. 아마도 내 것의 두 배는 되지 않을까 싶었다.

사흘째 되는 날 민이는 눈을 깜빡이며 잠에서 깨어났다. 정말 얼굴선이며 콧대가 좀 달라진 것 같았다. 그애는 자신을 내려다보는 나를 보고 입을 열었다.

"생각해봤는데……"

민이가 잠긴 목소리로 말했다.

"너는 작가가 되는 게 좋을 거 같아."

"내가? 그게 무슨 소리야."

나는 기가 막힌다며 뒤로 물러섰다. 민이는 힘이 없는 듯 인상을 찡그리면서 가까이 오라고 손짓을 했다.

"작가들은 내가 아는 최악의 인간들이야. 소설가는…… 그중에서도 최악이지. 네가 그 안에 끼지 못할 이유가 뭐야?"

민이가 깼다고 알리자 할머니는 금세 죽을 쒀오겠다고, 다시 잠들지 않게 하라고 주의를 줬다. 나는 민이의 눈꺼풀이 버티고 있을 수 있도록 깜찍한 미니스커트를 입은 어떤 여자, 분홍색 립스틱을 바르고도 유리컵에 입술 자국을 묻히지 않는 여자, 7센티미터 하이힐을 신고서도 가볍게 오르막길을 올라가는 여자, 새까맣고 긴 머리카락을 가진 여자, 지혜와 부드러움이라는 내면의 광휘를 가진 여자에 대한 이야기를 늘어놓았다. 그것은 내가 지금 보고 있는 민이의 모습이었다. 민이는 입을 벌리고 헤, 웃었는데 순간 그애의 눈꼬리를 따라서 한 방울 눈물이 떨어졌다.

3

민이가 집 근처의 그럴듯한 오피스텔을 얻어 나간 후, 나는 이대갈비에 출근하기 시작했다. 아침이 되면 할아버지와 아버지를 태운 차를 운전하고 가게로 나가서 유니폼으로 갈아입고 열심히 갈비를 잘랐다. 손님들은 불판을 눈치 있게 제때에 갈아준다고 나를 무척 좋아했다. 하루종일 가게에서 허리를 숙이고 일을 하다보면 저녁에 집으로 돌아갈 땐 제대로 설 수도 없을 지경이 됐다. 그래도 나는 살아나갔다. 월급을 받아서 적금도 들고, 내 돈으로 책을 사다 읽었다. 식구들이 잠든 밤이면 컴퓨터 앞에 앉아서 깜빡거리는 커서를 바라보았다. 한 달이 지나도록 한 글자도 쓰지 못했지만 하루도 거르지 않고 컴퓨터 화면을 바라보았다.

한 달이 지난 뒤 할아버지와 아버지는 신입사원 환영회를 열어줬다. 나는 완전히 취해서 할아버지를 업고 돌아다녔는데 그러고도 기운이 남아도는 기분이었다. 할아버지와 아버지를 양팔에 안고 달까지라도 갈 수 있을 것 같았다.

평생 입을 다물고 살 것처럼 굴던 찬이는 어느 날 갑자기 고함을 지르면서 휴대폰을 집어던졌다. 벨이 울리면 받지도 않고 바닥으로, 벽으로, 온 힘을 다해서 집어던져버렸다. 걸핏하면 화를 냈기 때문에 누구도 그애에게 말을 걸 수 없었다.

"웬만해선 큰 소리를 안 내던 애가 대체 왜 저러는 거야? 뒤늦게 사춘기라도 온 건지."

이유를 모르는 가족들은 찬이가 등장하기만 하면 숨을 죽였다. 온종일 비가 내리던 날, 찬이는 자정이 넘은 시간에 자기 방에서 엄청난 괴성을 질렀다. 어디 다치기라도 했나 싶어 놀란 나는 방문을 열고 들어갔다. 찬이는 바닥에 누워서 휴대폰에 대고 소리를 지르고 있었다.

"전화하지 말라니까 왜 전화해! 왜 지랄이야! 이 미친 여자야!"

찬이는 울부짖듯이 소리를 지르며 휴대폰을 바닥에 내리쳤다.

"전화하지 마! 전화하지 마! 하지 마!"

휴대폰은 완전히 부서졌다. 벌떡 일어난 찬이는 벌겋게 달아오른 얼굴로 나를 지나쳐서 방을 나갔다.

온 식구가 조마조마한 마음으로 찬이를 바라보던 그 주 주말에는 추계 대청소가 있었다. 1년에 두 번 할아버지의 진두지휘 아래 집 청소를 하는 날로, 누구 한 사람도 예외 없이 집안의 먼지를 털고 물걸레를 짜야 했다. 그날 찬이는 거실 책장 밑을 닦다가 먼지 뭉치와 함께 딸려나온 오래된 신문을 발견했다. 이게 뭐야, 라고 할머니가 반갑게 외쳤다. 그것은 내가 초등학생 때 만들었던 가족 신문이었다.

과학기술연구원에 방문해서 썼던 특집 인터뷰 기사. 인터뷰를 하러 갔던 사실만 기억할 뿐, 나 역시 기사 내용은 까마득하게 잊어버렸더랬다. 기사는 세 개의 챕터로 이루어져 있는데, 마지막 장은 순전히 고모와 찬이에 대한 내용으로 젊은 엄마의 육아 분투기를 다루고 있었다. 사진 속 고모는 아기인 찬이를 안고 책상에 걸터앉아 있었다. 청바지에 스웨터를 입고 뿔테안경을 낀 고모는 대학생처럼 앳되어 보였다. 고모의 긴 머리카락을 잡아당기는 찬이, 그런 찬이를 내려다보며 웃는 고모. 사진 밑에는 '아이에게 더 넓은 세상을 보여주는 것, 그것이 연구의 유일한 목적이라는 정순이

씨'라고 적혀 있었다. 찬이는 한참 동안 그것을 내려다보았다. 아무도 찬이에게 뭐라 말을 붙이지 못했다. 찬이는 대걸레 자루를 내려놓고, 조용히 신문을 집어들더니 자기 방으로 올라갔다.

찬이가 아르바이트를 시작한 것은 그로부터 일주일이 지난 뒤였다. 할아버지에게 배달되어 오는 과학 저널을 알기 쉽게 설명해드리는 일이었는데, 번 돈으로 적지 않게 나가는 국제전화 요금을 냈다. 찬이는 내게 자기도 대학을 미국으로 갈 수 있을지 물어왔다. 이제 막 소년 티를 벗은 그애에게서 연하고 푸른 빛이 흘러나왔다. 아직 젊기 때문에 무엇이든 가능하다고, 나는 대답해주었다.

계절이 바뀔 무렵 내 머리에서는 솜털 같은 머리카락이 나기 시작했다. 나는 화장실에서 거울을 바라보다가 정수리 부분에 자그마하게 일어난 머리털들을 발견했다. 꼭 어린아이의 것처럼 부드럽고 약한 모발이었다. 밤에 자리에 누우면 나는 손을 올려서 그 잔머리들을 쓰다듬곤 했다. 간질간질한 기분과 함께 졸음이 오면 기분좋은 꿈을 꿀 수 있었다. 돌이켜보면 그것은 끊임없이 생성하고 소멸하는, 이 둥글고 환한 지구에서 살아가는 꿈이었다.

2007. 2. 14.

오늘은 달 여행에서 놓쳐서는 안 될 관광명소를 소개하려고 해요. 잘 메모하고 기억해두셨다가 나중에 이용하시면 좋을 거예요.

제일 먼저 추천할 곳은 아페닌 산맥이에요. 이탈리아 산맥의 이름을 딴 이 지역은 소천체가 충돌하면서 형성되었는데, 비의 바다 동쪽을 에워싸면서 한쪽으로 커다란 절벽을 이루고 있죠. 태양이 떠오르면 지평선이 유독 눈부시게 빛나기 때문에 처음에 사람들은 이곳에 물과 얼음이 있는 것으로 오해하기도 했어요. 마치 거울로 만들어진 땅 같죠.

두번째 장소로는 히팔루스 열구를 들 수 있어요. 히팔루스 열구는 땅에 파인 깊은 도랑으로, 부드럽게 호弧를 그리며 습기의 바다 주위를 둘러싸고 있어요. 넓게 굽이치는 열구는 마치 깊은 강이 흐르던 흔적처럼 보이죠. 그 안에 들어가서 몸을 누이면 기분이 아주 묘할 거예요.

세번째로 소개할 곳은 폭풍우의 바다예요. 이곳의 낮은 구릉들은 바다의 파도가 화석이 된 것처럼 예술적인 형태를 띠고 있어요. 멀리서 보면 하나의 모형 건축물처럼 느껴지죠. 구릉 꼭대기엔 구멍이 뚫린 곳도 있고 계단처럼 층이 진 곳도 있어요. 찬이처럼 튼튼한 남자아이라면 암벽등반을 하듯이 타고 올라갈 수도 있을걸요.

네번째로는 알폰수스 분화구가 있어요. 운석의 충돌에 의해서 생긴 알폰수스 분화구는 꼭 톱니바퀴처럼 높낮이가 들쑥날쑥하죠. 처음에 이곳에는 계곡이 있었는데, 그 균열을 통해 잡종 분화구들이 마구잡이로 생겨서 지금 같은 모습이 되었다고 하죠. 신기한 암석이 많아서 사진 촬영을 하기에 아주 좋은 장소예요.

마지막으로 달의 북극과 남극을 얘기해야겠군요. 달의 극지방에서는 해가 지지 않아요. 태양이 지평선에 걸친 것 같은 백야 상태가 지속되는 거죠. 이 지역은 일교차의 급격한 변화가 없어서 연구소의 기지가 자리잡기에 이상적인 조건이에요. 프로젝트의 팀원들과 제가 같이 적응훈련을 하고 있는 곳도 바로 이곳 남극이죠. 우리는 적응훈련을 하며 기지 체류 일수를 점차 늘려나가다 나중에 완전히 이곳으로 이주하게 될 거예요.

달은 아무리 눈을 씻고 보아도 회색빛이에요. 지구에서 봐온 포근한 노란색은 어디에도 없죠. 흑백의 모랫더미를 바라보고 있으면 간혹 제가 달에 있는 건지 시골의 채석장에 있는 건지 잘 구분되지 않아요. 팀원들 중 몇몇은 그 때문에 자신들의 환상이 깨져버렸다고 투덜거리기도 하죠. 하지만 제 생각은 달라요. 달의 진짜 빛깔이 어떨지 그 누가 알 수 있겠어요? 화성에서는 달이 분홍색으로 보일 수도 있고 금성에서는 녹색으로 보일 수도 있죠. 외계인에게는 파란색으로, 물고기들에게는 주황색으로 보일지도 몰라요.

우리는 아무것도 이해할 수 없어요. 그저 바라볼 뿐이죠. 하지만 이 세계가 오해 속에서 얼마나 아름답게 조화를 이루고 있는지를 떠올려보면 분명히 신은 존재한다는 생각이 들고, 그분을 향해서 큰 소리로 노래라도 불러드리고 싶어요. 지구를 벗어나면 우주, 우주를 벗어나면 또 무엇이 있을지 저는 상상조차 할 수 없거든요.

언제든지 명령이 떨어지면 저는 이곳에 완전히 정착할 준비를 시작해야 돼요. 그때가 되면 더이상 편지는 쓰지 못할 거예요. 지구와 달을 오가는 우체부는 없으니까요. 만약에 그런 날이 오더라도 엄마, 제가 있는 곳을 회색빛의 우울한 모랫더미 어디쯤으로 떠올리진 말아주세요. 생각하면 엄마의 마음이 즐거워지는 곳으로, 아, 그래요, 다이아몬드처럼 반짝반짝 빛나는 달의 바닷가에 제가 있다고 생각하세요. 그렇게 마음을 정하고 밤하늘의 저 먼 데를 쳐다보면 아름답고 둥근 행성 한구석에서 엄마의 딸이 반짝, 하고 빛나는 것을 찾을 수 있을 거예요. 그때부터 진짜 이야기가 시작되는 거죠. 진짜 이야기는 긍정으로부터 시작된다고, 언제나 엄마가 말씀해주셨잖아요?

인터뷰 정한아×신수정

‘은미’가 ‘고모’가 되는 시간

—『달의 바다』 재간에 부쳐

16년의 시간을 거슬러

신수정 『달의 바다』가 새로운 모습으로 독자들을 찾아가게 됐어요. 돌이켜보니 2007년 제12회 문학동네작가상 수상작으로 독자들을 만난 이래 16년이라는 시간이 흘렀더라구요. 10년도 아니고, 16년! 당시 갓 대학을 졸업한 스물다섯 대학원생이었던 작가도 어느새 불혹의 나이를 넘겼어요. 어쩌면 『달의 바다』의 주인공 은미가 고모의 나이에 이르렀다고 해도 좋을 듯합니다. 아무래도 감회가 새로울 수밖에 없겠지요?

정한아 누구에게나 첫 책이 그렇겠지만 저에게 『달의 바다』는 정말 특별한 책이에요. 그런데 시간이 이렇게 많이 지난 줄 몰랐어요. 책을 보니까 예전의 제가 낯설게 느껴질 정도더라고요. 그때는 소설을 쓸 때 너무 흥겨웠던 기억이 나요. 문장을 쓰다가 춤을 췄다는 말이 사실이라니까요. 개정판을 준비하면서 그때를 떠올리며 많이 웃었고, 또 감사했어요.

신수정 오히려 당시 심사에 참여했던 사람 중 하나로서 이렇게 잘 살아남아 멋진 작가가 된 한아씨에게 감사를 표하고 싶어요. 『달의 바다』 이후 『나를 위해 웃다』(2009), 『리틀 시카고』(2012), 『애니』(2015), 『친밀한 이방인』(2017), 『술과 바닐라』(2021) 등 소설집 세 권, 장편소설 세 권을 꾸준하게 선보이며 우리 문학의 최고봉으로 우뚝 섰으니 얼마나 대견하고 뿌듯한지 모르겠어요. 작가 정한아에게 『달의 바다』는 어떤 역할을 했나요?

정한아 『달의 바다』는 저를 작가로 만들어줬죠. 첫 습작 장편으로 작가가 되어버렸는데 그때 저는 너무 어렸고, 아무 준비도 되어 있지 않았거든요. 아까 선생님께서 살아남아 줘서 고맙다고 말씀하셨는데 (웃음) 그게 너무 어렵다고 생각했던 적도 있었어요. 그래도 크고 선명한 시작점이 있다는 것은 분명 도움이 되었죠. 작가로서 발걸음을 떼는 데.

신수정 사실 다른 소설들에서도 『달의 바다』의 파편들이 많이 발견되는 편이죠. 그런 점에서 이 소설이 정한아 소설의 기원인 것만은 틀림없어 보여요. 그런데 놀라운 것은 20대 초반의 나이에 어떻게 그런 이야기를 쓸 수 있었을까 하는 점이에요.

정한아 그때의 저만이 할 수 있는 이야기였던 것 같아요. 지금은 더 능숙할지는 몰라도, 절대로 그때처럼은 할 수 없을 거예요. 이런 기쁨, 이런 슬픔, 이런 자유분방함.

신수정 그럴지도.

정한아 신기한 것은 독자분들이 이 소설을 여전히 젊은 작가의 첫 소설로 읽으신다는 거예요. 저는 이만큼이나 달라졌지만, 한편 그때의 모습 그대로 그곳에 있는 거죠.

신수정 그때와 지금 많이 달라졌나요?

정한아 『달의 바다』가 처음 나왔을 때, 조경란 선생님이 수상작가 인터뷰를 해주셨죠. 그때 조경란 선생님이 저한테 하셨던 말씀이 있어요. 처음 만났는데 제가 너무 막 이렇게, (**신수정** 떠 있으니까?) (웃음) 네. 그런 제가 귀엽기도 하고 안쓰럽기도 하셨던 것 같아요. 이렇게 열심히 소설쓰기를 사랑할 수 있는 시기가 있고, 또 사랑하고 싶은데 사랑이 안 되는 시기가 있다, 그런 얘길 하셨어요. 저에게도 그런 시간이 올까 싶었는데, 정말 그런 시간이 오더라고요. 지금 저에게 소설은 뜨거운 열기보다 은근한 온기에 가깝거든요.

신수정 조경란 선생이 『식빵 굽는 시간』으로 김영하 선생과 동시에 제1회 문학동네작가상을 수상한 게 1996년이니까 아마도 한아씨 보면서 자신의 출발점이 떠오르기도 했을 거예요. 그 감회가 인터뷰에 잘 살아 있었죠. '반짝반짝 빛나는'이라는 제목으로. 나는 아직도 정한아를 생각하면, 조경란 선생의 말처럼 '반짝반짝 빛나는'이 떠오르는데 정작 본인은 이제 문학이 그렇게 뜨겁지 않다니, 이게 어떻게 된 영문인지. (웃음) 그사이 무슨 일이 있었던 거예요?

정한아 만인이 아시겠지만 (웃음) 결혼과 출산, 육아의 바다를 차례로 건넜지요. 그때그때 빠져 죽을 뻔한 위기를 넘기며 기진맥진 여기까지 온 것 같아요.

신수정 그래요, 정말 쉽지 않지요, 결혼, 출산, 육아. 특히 아이는 너무 많은 변화를 가져오는 계기가 되지 않을 수 없죠.

정한아 절대적인 시간이 부족하니까요. 정말 무슨 돌림노래처럼 그 얘기만 하면서 살았던 것 같아요. 시간이 없다, 시간이 없다.

달라진 일상, 전환점으로서의 『애니』(2015)

신수정 그사이에 어떤 식으로 일상을 꾸려왔는지 조금 그려줄 수 있나요?

정한아 아이들이 아주 어렸을 때는 어쩔 수 없이 친정어머니와 시터 이모님 도움을 받았어요. 좀 자란 후에는 보육기관의 도움을 받았고요. 아이들과 헤어져 있는 시간 동안 글을 썼죠. 그 시간이 늘 턱없이 부족해서, 집에 돌아갈 때면 마음이 무거웠어요. 일이 안 끝났으니까요. 얼굴을 바꾸고 아이들을 바라보는 것도 힘들었죠.

신수정 얼굴을 바꾼다?

정한아 엄마의 얼굴이 되는 거죠. 에너지를 바꾸는 거예요. 글쓰기를 위해서 마음 깊은 곳, 동굴처럼 어두운 곳에 있다가 아이들이랑 같이 나무도 보고, 꽃도 보고, 하하 웃는 세계로 돌아오는 거예요. 작업실에 있다가 집에 돌아가는 길이면 늘 복잡한 감정이었던 것 같아요. 이것도 저것도 제대로 해내지 못하고 있다는.

신수정 그 과정을 그래도 끝까지 유지하도록 만든 힘이 있다면 어떤 거였을까요. 중간에 '그만 쓸래'라는 생각이 든 적은 없었나요?

정한아 있죠. 왜 없었겠어요.

신수정 그걸 견디게 한 힘은 뭐였을까? 야망? (일동 웃음)

정한아 출산과 양육이 오히려 야망을 내려놓게 하는 데 큰 역할을 했죠. 저는 등단이 너무 빨랐잖아요. 아직 역량이랄까 기본기가 갖춰지지 않은 상태에서 하루아침에 작가가 되었고, 뭘 어떻게 써야 할지 몰라 늘 조급했던 것 같아요. 아이들이 생기면서 도리어 제 일을 멀찌감치 떨어져 보게 되었죠. 그러면서 정말 저 자신을 위한, 제가 쓰고 싶은 것들을 쓰기 시작했어요.

신수정 이미 상재한 책들을 보면 그 시간이 같이 떠오를텐데, 제일 힘들었던 순간은 언제였을까요?

정한아 『애니』를 쓸 때였던 것 같아요. 『애니』에는 제가 30대가 되면서 쓴 소설들이 묶여 있거든요. 결혼하고 다음해에 첫째 아이를 낳고, 충격과 공포(웃음)에 휩싸였던 시절이에요. 이 작은 아이가 온전히 내 손에 달려 있구나. 내가 왜 이런 짓을? (웃음) 첫째 아이를 키울 때 제일 힘들었죠. 둘째부터는 그렇게 안달복달하지 않았어요. 할 수 없는 것은 할 수 없다고 하고, 포기할 것은 포기했죠. 그렇게 되기까지 적잖은 시간이 걸렸어요. 그때로 돌아가고 싶지 않아요.

신수정 아닌 게 아니라 소설집 『애니』에는 결혼한 여성의 황폐한 내면이 적나라하게 펼쳐진 작품들이 많아 『달의 바다』의 정한아를 기억하는 독자들이라면 그 놀라운 변화에 눈이 휘둥그레질 수도 있을 것 같아요. 표제작 「애니」에는 집을 나간 아내를 찾아 헤매며 그녀를 찾게 된다면 죽여버리겠다는 생각으로 하루하루를 영위하는 남자가 나오죠. 또 「신행新行」은 제목이 상기하는 화사함과 달리 다가올 결혼생활이 만만치 않으리라는 예감으로 마무리되고요. 마치 동화 '푸른 수염의 아내'처럼요. 물론 동화의 해피 엔딩과는 정반대의 방식으로요.

정한아 『애니』의 작가의 말에도 있지만, 그때 처음으로 소설을 그만 쓸 수도 있겠다 생각했어요. 모든 게 너무 버거운데 결과는 형편없고, 내가 뭘 하고 있는 건가 싶어서 아득해지곤 했으니까요. 소설쓰기도 양육도 제대로 못 해낸다는 자괴감이 있었죠. 무엇보다도 소설을 어떻게 써야 할지, 갈피를 잡을 수가 없었어요. 새로운 목소리가 필요했는데 그게 어디 있는지 찾을 수가 없었죠.

신수정 그런데 작가에게는 돌아가고 싶지 않을 정도로 힘든 시간인지 몰라도 그런 시간이 있었기에 지금이 있는 거 아닐까 싶기도 해요. 어쩌면 『애니』는 문학소녀 정한아를 녹록하지 않은 현실 속으로 이끌고 간 전환점이라고 해도 좋을 듯해요. 만약 『애니』가 없었다면 가장 최근 선보인 『술과 바닐라』의 세계를 우리가 마주하기엔 좀더 많은 시간이 필요하지 않았을까 싶어요. 개인적으로 최근 소설들에 나타나는 정한아식의 가족드라마를 아주 좋아하는데, 한아씨 소설들에는 우리가 다 아는 이야기를 들려줄 때도 다른 작가와 구별되는 작가만의 독특한 무엇이 잘 살아 있다는 생각이에요. '반짝반짝 빛나는' 소녀-엄마만이 감지해낼 수 있는 독특한 아우라 같은 것이라고 할까, 슬프고 때로 잔혹하기까지 한데 이상하게 따뜻하고 희망이 사라지지 않는, 아, 이건 아무나 할 수 있는 게 아니에요. (웃음)

정한아 허무맹랑한 꿈과 소망을 잃지 않고 있어서일까요. 그런데 그것을 '반짝반짝' 빛난다고 말하는 것이야말로 문학의 특권이라고 생각해요. 저 역시 그 빛에 빚져 여기까지 왔지요.

신수정 그 시간을 지나서 지금 다시 원점에 돌아오게 되었는데, 어떤 의미가 있을까요? 지금 이 시점에서 다시 『달의 바다』를 낸다는 건?

정한아 『달의 바다』를 처음 쓸 때 제 바람은 사람들이 위로를 받았으면 좋겠다는 거였어요. 책을 다 읽고 나면 '살고 싶다' '아, 인생이 좀 살 만하다' 이런 느낌을 받았으면 좋겠다고요. 그런데 이거 정말 원대한 꿈이잖아요? (**신수정** 너무나 원대한 꿈이자 야망이죠.) (일동 웃음) 그런 꿈을 담아 썼어요. 저는 사실 이 책의 예전 모습 그대로도 참 좋거든요. 책에 들어 있는 서툰 모습 그대로, 촌스러운 모습 그대로 좋아요. 그래서 사실은, 이건 정말 쓰지 마세요, 선생님? 제가 은진씨—담당 편집자—한테 끝까지, '아, 이거 하지 말까. 재간하지 말고 그냥 옛날 모습 그대로 놔둘까' 얼마 전에도 막 괴롭혔어요. (웃음) 안 하고 싶다. 그런데 은진씨가 독자를 더 만나야 한다는 얘기를 하더라고요.

신수정 두 야망녀의 만남인데 지금? (일동 웃음)

정한아 그 말이 저를 움직였던 것 같아요. 독자를 만나야 한다는.

신수정 중요한 말이네요. 그리고 정말 그 출발을 다시 한번 상기할 필요가 있는 시간이 된 것도 같아요. 지금은 어때요? 여전히 망설임이 있나요?

정한아 지금은 새 책을 기쁘게 기다리고 있고요. 이 책을 통해 위로받는 독자분들이 있었으면 좋겠다, 그런 생각을 하지요.

겹겹이 싸인 두 개의 텍스트, 그리고 거짓말

신수정 그렇게 될 거라고 믿습니다. 지금 독자들에게도, 그리고 다시 재간된 『달의 바다』를 읽으며 이전의 자신을 되돌아보게 될 독자들에게도. 그래서랄까요, 『달의 바다』 재간을 핑계삼아 이제까지의 정한아의 소설세계를 되짚어보는 자리를 마련해보고 싶었어요.

정한아 네.

신수정 『달의 바다』는 두 개의 텍스트의 조합이라고 할 수 있잖아요. 고모가 자신의 엄마, 즉 할머니에게 쓴 편지가 있고, 그 편지를 받은 할머니의 부탁으로 고모를 찾아가는 은미, '나'의 이야기가 있죠. 이 두 이야기가 장을 바꿔가며 적절하게 섞여 있단 말이죠. 어떻게 보면 안이 있고 밖이 있는 텍스트라고 할 수도 있고, 액자와 그걸 또 감싸는 바깥 액자가 있는 작품이라고 할 수도 있을 거예요. 이렇게 겹겹이 싸인 두 개의 텍스트가 서로 마주보고 있는 그런 작품인데, 돌이켜보면 이런 식의 텍스트 직조 방식은 이후의 장편 『친밀한 이방인』에서도 발견돼요. 물론 이 소설은 두 개가 아니라 그 이상으로 번져가는, 다양한 텍스트들로 구성되어 있지만요. 거기에는 다시 작품활동을 하기 위해 애쓰는 소설가 '나'

의 일상이 있고, 희대의 거짓말쟁이인 이유미-이유상-이안나의 삶에 대해서 증언하는 다양한 목소리들, 즉 녹음본이 있죠. 이유상이 직접 쓴 일기는 말할 것도 없고, '나'의 작품이지만 이유상 자신이 썼다고 주장하는 소설 '난파선'의 일부도 섞여 있죠. 말하자면 이 소설은 작품 속 한 대목에서 화자가 이야기하는 것처럼, 러시아의 전통 인형 '마트료시카' 같은 작품이라고 할 만한데요. 이야기 속에 또다른 이야기가, 그 속에 또다른 이야기가 숨어 있어요. 사정이 이렇다보니 정한아의 소설은 하나의 이야기가 시간의 순서에 따라 선조적으로 흘러가는 텍스트라기보다 분절되고 중첩되는 텍스트들이 서로 어울리고 뒤섞여 다양한 소리를 빚어내는 교향악이라고 할 만한데, 이 텍스트 직조 방식이라고 할까, 이런 형식이 어떻게 나오게 되었는지 상당히 궁금합니다.

정한아 음. 저에겐 이야기하고 싶어하는 욕망이 있는 동시에 그것을 감추고 싶어하는 욕망이 있는 것 같아요.

신수정 아, 이거 흥미롭네요. 그럼 하고 싶은 이야기와 그걸 감추고 싶은 욕망이 항상 같이 간다는 건가요? (**정한아** 네.) 왜? (웃음) 이야기하고 싶은 욕망은 우리가 납득할 수 있다고 쳐요. 그걸 다시 감추고 싶은 욕망은 뭘까?

정한아 음, 뭘까요 선생님. (일동 웃음)

신수정 실은 다음에 이야기하고 싶은 테마이기도 한데, 감추려는 욕망, 그건 거짓말과 연관이 있지 않을까요? 『친밀한 이방인』이야말로 거짓말쟁이 이야기라고 할 수 있지요. 이번에 『달의 바다』도 다시 읽어보니 처음부터 거짓말이 나오더라고요. 정한아는 출발부터 거짓말쟁이로 시작했던 거야. 사실 『달의 바다』의 첫 장을 장식하는 고모의 편지 자체도 알고 보면 할머니에게 보내는 거짓 안부 편지잖아요. 정한아에게는 거짓말이 소설인가봐.

정한아 맞아요, 선생님. (웃음) 저 되게 거짓말 잘하기도 하고.

신수정 (웃음) 사실 『달의 바다』에는 거짓말에 관한 작가의 목소리라고 할 만한 대목이 여럿 등장해요. '역사들'이라는 장. 그 장은 "어렸을 때 나는 거짓말을 잘했다. 거의 천부적인 수준이었다"(59쪽)로 시작해서 "그 시절에 나는 거짓말이 너무 쉬워서, 세상이 이렇게 내 맘대로 움직여도 되는 건가 당혹스러울 정도였다"(60쪽)로 이어지죠. 심지어 이 조그만 애가 태연히 미술학원 신발장에 들어 있는 다른 아이의 샌들을 들고 나와서 쓰레기통에 버리기도 하죠. 그 아이는 엄마에게 회초리로 종아리를 맞고. 자신의 거짓말이 초래한 현실의 수행 능력에 무서워 떨고 있던 은미를 데리고 그 아이의 집을 찾아가 사죄를 하게 한 사람이 고모죠. 그런데 이런 짓을 벌인 조카에게 하는 고모의 말이 이상해요. "내가 장담하는데, 은미야, 넌 정말 멋있는 어른이 될 거야."(61쪽) 이것 보세요, '멋있는 어른'이 될 거래요. "내가 아는 매력적인 사람들 중에 거짓말에 서투른 사람은 하나도 없어. 정말이야. 거짓말을 잘하는 순서대로 재미있는 어른이 될 수 있다고나 할까?" 그러곤 덧붙이죠. "매너만 지킨다면 말이야."(62쪽) 이미 이때부터 거짓말 예찬이 시작되고 있었던 거나 마찬가지예요. (일동 웃음)

정한아 제가 글쓰기가 즐겁다고 말한 게 바로 이 부분이에요. 소설 쓰는 게 너무 재미있다고. (웃음) (**신수정** 거짓말을 하는 것!) 네. 좋은 거짓말이 반드시 갖춰야 하는 요건들이 있는데, 그것이 제대로 될 때 희열을 느껴요. 잘 갖춰진 거짓말, 그게 저에게는 소설쓰기인 것 같아요. 저 소설 안 썼으면 큰일날 뻔했다고, 가까운 친구들도 우스갯소리로 말하거든요. 자칫 잘못 풀렸으면 사기꾼 됐을 거라고. (일동 웃음)

신수정 『친밀한 이방인』의 엄청난 거짓말쟁이, 이유미가 괜히 나온 게 아니네요? (웃음) 거짓말의 충동이 왜 이렇게 행복하고 즐거울까?

정한아 현실에서 용인되지 않는 욕망을 소설 안에서 마음대로 풀어낼 수 있어서 그런 게 아닐까요. 내가 원하는 곳에서 원하는 존재가 될 수 있어서요.

신수정 세상을 마음대로 움직이고 싶은 욕망? 그 말은 세상이 내 마음대로 움직여지지 않는다는 걸 알았던 모양이네요, 어린 마음에도?

정한아 그러네요.

신수정 세상의 어떤 면이 내 마음대로 움직여지지 않는다고 생각한 거예요?

정한아 모든 것이요. 『달의 바다』 첫 문단처럼, 기대와는 다른 현실이죠. 그런데 제 주변에는 좋은 거짓말쟁이들이 있었어요. 보잘것없는 현실을 다른 것으로 뒤바꾸어주는. 저희 아버지가 허풍이 능청스러우시고 나빠도 미워할 수 없는 그런 분이신데, 그런 아버지의 모습을 어렸을 때부터 사랑하고, 또 연민하고 그랬던 것 같아요. 저 자신도 막막한 현실을 만났을 때, 주저앉는 대신 무리를 해서라도 그것을 돌파해나가는 것을 에너지 혹은 열정이라고 생각하는 것 같고요.

신수정 어떻게 보면 좋은 거짓말을 계속하는 것이 삶의 열정일지도 모르겠네요, 그러면?

정한아 네.

신수정 재밌는 건, 여기에 왜 연민이 끼어드는 걸까 하는 점이에요. 연민은 돌이켜보면 정한아 소설의 아주 중요한 정서인 것 같아요. 항상 어떤 종류든 연민이 있어요. 이 거짓말쟁이들에 대한 연민까지 포함해서.

정한아 실패하고 무너져도 그런 헛소리 같은 거짓말을 하면서 기대를 걸고, 또다시 살아가는 인간의 모습. 그걸 제가 인간답다고 보는 것 같아요.

신수정 그렇다면 좋은 거짓말로 가족들에게 희망을 심어주려는 『달의 바다』의 고모를 따스하게 바라보는 '나'. 이 화자 '나'는 작가 정한아와 많이 닮았다고 봐도 될까요?

정한아 이번에 보니까 많이 닮았더라고요.

신수정 특히 어떤 점에서?

정한아 은미는 사실 텅 빈 인물이죠. 인생을 시작하기도 전에 거듭 넘어졌고, 그런 시행착오 끝에 이제 막 내가 좋아하는 게 뭔지 찾았고, 그마저도 실은 확신할 수 없는 단계에 있는 청년이니까요. 저 역시도 『달의 바다』를 쓸 때 비슷한 지점에 있었던 것 같아요.

신수정 그런 점에서 은미의 내레이션은 거의 젊은 날의 한아씨의 내레이션으로 봐도 되겠네요? (**정한아** 네.) 이번에 다시 읽으면서 제일 마음이 아팠던 대목이랄까? 그때의 나를 되찾은 기분이 드는 대목이 있다면?

정한아 은미가 죽어버리려고 모았던 약을 결국은 땅에 묻는 장면이 나오잖아요. 말하자면 그게 어른이 되는 순간이죠. 치기어린, 어린애 장난 같은 것들을 땅에 묻고 다지면서 이제 현실을 살아가야 한다는 것을 받아들이는 장면인데, 그 장면이 다시 보니까 좋고 좀 슬프기도 하고 그랬어요.

신수정 슬픈 건 왜? 어른이 되어야지! (웃음) 왜 슬펐어요?

정한아 이제 은미는 불판을 갈면서 (일동 웃음) 고단한 현실의 날들을 살아가야 하니까요. 성장이란 게 그렇게 혹독한 일면이 있는 것 같아요.

불편한 여성성, 위장의 제스처

신수정 은미와 함께 고모를 찾는 여정에 동행하는 민이에 대해서 이야기해보죠. 이 인물은 어디서 나온 캐릭터인가요?

정한아 민이는 또다른 의미에서 저의 분신이에요. 저는 민이가 이 작품 안에서 가장 고통스러운 인물이라고 생각해요. 현실과 이상의 거리가 너무나 멀고, 겉모습과 내면의 풍경이 상이하고, 그래서 누구에게도 이해받지 못하잖아요.

신수정 『달의 바다』의 마지막 대목에서 민이는 자신의 남성성을 제거하기 시작하죠. 그 과정을 지켜보는 은미에게 '너는 작가가 되는 게 좋을 거 같아'라는 결정적인(!) 말을 던지는 인물이기도 하죠. 이 대목이 소설 속에 아주 인상적으로 그려져 있어 가져와봤어요. "할머니는 금세 죽을 쒀오겠다고, 다시 잠들지 않게 하라고 주의를 줬다. 나는 민이의 눈꺼풀이 버티고 있을 수 있도록 깜찍한 미니스커트를 입은 어떤 여자, 분홍색 립스틱을 바르고도 유리컵에 입술 자국을 묻히지 않는 여자, 7센티미터 하이힐을 신고서도 가볍게 오르막길을 올라가는 여자, 새까맣고 긴 머리카락을 가진 여자, 지혜와 부드러움이라는 내면의 광휘를 가진 여자에 대한 이야기를 늘어놓았다. 그것은 내가 지금 보고 있는 민이의 모습이었다. 민이는 입을 벌리고 헤, 웃었는데 순간 그애의 눈꼬리를 따라서 한 방울 눈물이 떨어졌다."(189~190쪽) 돌이켜보면 2007년 당시로서는 꽤 충격적인 장면이라고 할 만한데, 그런 점에서 선구적이야. (일동 웃음) 어떤 계기가 있었나요?

정한아 성역할이나 성 정체성에 대해서 저 자신이 중성적이라는 생각을 많이 하는 것 같고요. 그런 인물들에게 매력을 많이 느끼는 것 같아요. 사실은 작품마다 그런 성향들이 들어 있어요. 장편은 더 그렇게 되는 것 같아요. 고정된 여성성에 대한 불편함이 있어서 결국은 중성적인 것들을 선망하는 쪽으로 이야기가 풀리지 않나 싶어요.

신수정 이게 중성성에 대한 선망일까, 아니면 여성성을 억압하는 사회에 대한 거부일까? 어느 쪽에 더 가까운 것 같아요? 사실 한아씨를 직접 대면한 사람들이라면 모두 너무 예쁘고 화사하고 반짝반짝한 모습에 놀라는 경우가 많은데, 정작 그 당사자는 자신의 여성성을 너무나 불편해하고 있었다는 거네요. 왜 그럴까요?

정한아 거짓말을 그렇게 했나봐요, 제가. 소녀스럽게 다정하게. (웃음)

신수정 저런, 여성성을 연기하고 있었구나!

정한아 음. 그런 것 같아요. 이제는 말할 수 있다. (웃음)

신수정 이제는 말해야 한다. (웃음) 왜요?

정한아 그렇게 해야 이단아가 되지 않고 살아남을 수 있다고 생각하지 않았나 싶어요.

신수정 화형당하고 싶지 않았구나, 저런! (**정한아** 네.) 많은 여성들이 공감할 테지만, 어떻게 보면 거짓말이나 연기는 생존의 조건이라고 할 수도 있을 것 같아요.

정한아 네. 종종, 아니 자주 속임수를 통해서 빠져나갔던 것 같아요.

신수정 그런 위장의 제스처는 『달의 바다』에는 어떤 식으로 들어와 있나요?

정한아 고모는 결혼, 사회적 성공 따위에 실패한 인물인데 그걸 아름다운 거짓말로 승화시켜버리잖아요. 정말 지독하게 가족과의 인연을 끊고, 아들하고도 연락을…… (웃음) (**신수정** 안 하잖아. 멀리 미국에서 아들을 찾으러 와서는 그 아이가 잘 지내는지 확인만 한 뒤 바로 돌아서는.) 네. 이 책을 처음 냈을 때 기자 간담회를 하는데, 중년의 여성 기자분이 너무 정색을 하고선 저한테 그러셨어요. 아직 엄마가 안 되어봐서 모르는 것 같은데 이건 가능한 이야기가 아니다. 아이한테 어떻게 그럴 수 있냐. 그때 제가 너무 당혹스러워서 뭐라고 말을 못했거든요. 다시 만나면 꼭 얘기하고 싶어요. 그럴 수 있다고. (일동 웃음)

신수정 고모와 같은 유형의 엄마-여성은 20대 정한아가 생각했던 가장 이상적인 젠더 모델이기도 하네요, 그렇다면?

정한아 네. 그런 것 같아요.

신수정 『달의 바다』에서 은미가 결국 고모에 이르는 길은 달의 바다가 푸른색이 아니라 황폐한 돌과 모래로 뒤덮인 황무지와 같은 데라는 걸 아는 과정과 짝을 이루고 있는데, 모든 이상화된 것들이 그러하듯 고모 역시 캐릭터의 조정을 겪을 수밖에 없었던 것 같아요. 그게 결국 성장이기도 할 테고요. 그런데 이 과정이 단순히 환멸로만 다가오지 않는다는 점이 정한아만의 개성이라고 할 만한데요. 꿈은 좌절되었는데 소설 속 서사는 여전히 따뜻하고 기운이 나거든요? 개인적인 질문이긴 한데, 그럼 작가 정한아는 지금 '고모'가 되었나요?

정한아 (웃음) 그렇다고 하기엔 저희 애들한테 너무 미안하네요. (일동 웃음)

엄마가 된다는 것

신수정 그 이야기도 좀 해볼까 해요. 아이를 양육하는 삶, 엄마로서 살아가기, 그걸 최근작 『술과 바닐라』에서는 '히스테릭한 연극'이라고 하던데, 이건 고모가 되었다는 얘기야, 안 되었다는 얘기야? (웃음)

정한아 결혼해서 아이를 잘 키우고 있는 고모네요, 뭐.

(일동 웃음)

신수정 이 소설집에도 아까 그 기자 간담회의 여성 기자가 보면 말도 안 되는 이야기라고 할 만한 대목이 적지 않게 보여요. 이런 거예요. 단편 「참새 잡기」의 한 대목. "밥을 먹다가 휘의 앞니가 벌어진 것을 보면 흉하다는 생각이 들었고, 아이가 옆에 들러붙을 때는 미지근한 체온을 참을 수 없어 뒤로 물러났다. 무엇보다 그애의 발작적인 웃음소리를 견딜 수 없었다. 마치 지하철에서 옆에 앉은 사람의 체온과 숨소리를 느낄 때처럼 불쾌한 감각이 불쑥불쑥 솟아올랐다. 나는 아이를 향해 억지 미소를 지었다. (……) 매 순간이 히스테릭한 연극 같았다."(96쪽) 이뿐만이 아니에요. 「바다와 캥거루와 낙원의 밤」 「기진의 마음」 등에도 이런 종류의 엄마가 나오거든요. 심지어 표제작 「술과 바닐라」의 엄마를 대신해 아이를 돌보는 베이비시터는 알코홀릭이에요. 히스테릭하다못해. 『달의 바다』에서 이상화되었던 '고모-엄마'가 16년의 세월이 지나 현실의 결혼제도와 부딪혔을 때 우리는 '히스테리컬 엄마' 혹은 '알코홀릭 엄마'를 만나게 돼요. 이 소설집 속의 엄마들과 『달의 바다』의 고모의 낙차가 너무 커서 마음이 아파요.

정한아 엄마의 자리를 지키는 것이 참 어렵다는 생각이 들어요. 나다움이라는 측면에서 봤을 때 엄마의 자리는 정말 작위적이거든요. 그렇지만 아이들에게는 그 엄마의 자리가 너무나 절실하죠. 솔직히 모든 게 혼란스러워요. 제가 좀더 원숙한 엄마가 되면, 그 두 가지를 이해하고 양립시키기 쉬워질까 기대해보곤 하죠.

신수정 원숙한 엄마는 어떤 것일까요? 연극에 좀더 익숙해진?

정한아 그럴지도요. 그런데요 선생님, 연극이라는 게 배역과 내가 하나가 되지 않으면 좋은 연극이 되지 않아요. 정말 좋은 연극, 예술적인 연극이 되려면 배역과 내가 혼연일체가 되어야 하거든요. (일동 웃음) 그때그때의 사랑과 그때그때의 진심이 필요한 거죠. 나 자신을 잃지 않기 위해서라도요.

신수정 최근 정한아가 도달한 이 세계가 너무 먹먹하고 가슴 아프지만, 삶의 실체와 관련한, 특히 모성에 관한 모종의 선언을 담고 있다는 점에서 이 소설집은 굉장히 중요하다고 생각하고 있어요. 그런데 오랜만에 『달의 바다』를 봤더니 고모에게서는 이런 종류의 '자의식'이 발견되지 않아서 깜짝 놀랐어요. 어찌나 씩씩하고 낙천적인지! 물론 이 고모에게도 『술과 바닐라』의 엄마들과 같은 시간이 없지 않았죠. 어떻게 보자면 고모도 알코홀릭의 단계를 지났다고 할 수 있겠죠. 그녀 역시 결혼에 실패하고 자기 아들 찬이를 친정으로 떠나보낸 채 거의 죽은 사람처럼 살다가 회생한 자니까요. 그런데 이 고모는 놀랍게도 여전히 삶에 대한 긍정으로 가득 차 있어요. 고모는 뭐라고 말하는 사람이냐면, "세상은 언제나 우리가 생각하는 것 이상이야"라고 말하는 사람이에요. 『달의 바다』에서 우리 모두가 사랑했던 고모의 대사는 지금 봐도 가슴이 먹먹해요. "(삶은) 생각처럼 나쁘지는 않은데, 그게 늘 우리의 밑그림을 넘어서니까 당황하고 불신하게 되는 거야. 이렇게 네가 나를 보러 와준 것처럼 기대 밖의 좋은 일도 있는 거고, 그 반대의 경우도 있는 거고. 고모는 그걸 알기 때문에 세상에 빚진 것이 없어." 이런 말을 20대 정한아가 썼어요! 고모의 말을 들은 은미가 다시 묻지요. "그래서?" 그러자 고모가 말해요. "자유지."(177쪽) 세상에나, 이 장엄한 낙관은 어디로 간 걸까?

정한아 어디로 갔죠? (웃음)

신수정 물론 우리도 작가상 심사 자리에서 '세상은 언제나 우리가 생각하는 것 이상이야'라든가, '자유'라는 말을 처음 들었을 때, 그때도 이런 대목들이 너무 반가운 한편 미심쩍었던 것 같기도 해요. 이렇게 이야기하는 한국소설을 본 적이 별로 없어서, 누군지 모를 이 신인을 믿어도 될까 하고. 지금은 이거 없나요? (웃음) 자유, 없어요? 자유, 어디 갔어! (일동 웃음) 결혼은 미친 짓이기만 한 건가요? (일동 웃음)

정한아 그런데 자기 마음대로 다 되는 게 자유는 아니잖아요.

신수정 오, 지금 정한아에게 자유란?

정한아 야망을 버리고 얻은 것? (일동 웃음) 아이들을 키우다보면 사지 육신과 마음까지도 묶여버린 것 같다는 생각을 할 때가 있거든요. 제 삶의 기회와 시간이 제 것이 아니니까요. 하지만 모든 게 제 것이었던 예전의 저보다 전 지금의 제가 더 좋아요. 전보다 더 작은 조각으로도 만족할 수 있거든요. 작업실에서 마시는 커피 한 잔, 그 시간이 정말 귀하죠.

신수정 『술과 바닐라』를 어른, 성숙한 정한아의 세계라고 얘기할 수 있는 건 이 대목 때문일 거예요. 그런데 우리가 다시 한번 더 『달의 바다』의 고모를 경유하면, 정한아의 최근 소설에 나타나는 알코홀릭-히스테릭 엄마를 감싸고 있는 어떤 힘을 상상할 수 있게 되는 것도 사실이에요. 나는 『술과 바닐라』에 들어 있는 단편 「바다와 캥거루와 낙원의 밤」

을 아주 좋아하는데, 그 소설의 마지막 부분은 이 작가의 특징이라고 할 만한 삶에 대한 묘한 긍정이 잘 나타나 있어요. 소설의 마지막, 화자는 죽은 노인의 방에 숨어 있다가 도망치는 두 아이를 쫓아 한때 자신의 결혼식이 치러졌던 낙원웨딩홀 리모델링 현장에 도달하죠. 거기엔 인부들이 피워놓은 불이 있어요. 아이들은 그 불을 쬐며 졸고 있고요. 그 모습을 보던 화자는 불현듯 깨닫죠, 자신을 떠나 이혼한 전남편이 있는 호주로 간 딸이 다시는 자신에게로 돌아오지 않으리라는 사실을. 그런데 다음 단락, 이 잔인한 현실을 깨달은 화자가 보이는 반응이 놀라워요. "나는 온기가 낭비되지 않도록 좀더 그곳에 머물고 싶었다."(141쪽) 온기가 낭비되지 않도록, 이라니. 이 마음을 무어라고 불러야 할까요? 간절함? 삶에 대한 기원? 이 마음이야말로 이 엄마에게 남아 있는 어떤 힘의 근원이 아닐까 싶기도 해요. 이 힘은 어디서 나오는 건가요, 도대체?

생명력의 근원, 할머니의 루틴

정한아 아마도 사랑과 그 사랑에서 비롯되는 생명력이겠죠. 엄마들을 움직이게 하는 매일의 삶이요. 저는 아침이 되면 늘 다시 살고 싶어지거든요. 눈뜨자마자 아침으로 뭘 해서 먹지, 그런 생각을 하죠. 『리틀 시카고』를 쓸 때도 아침식사를 하는 레스토랑, 그게 저에게 정말 중요했어요. 폭력이 난무한 밤을 잊게 하는 에그 오믈렛의 향기.

신수정 이 동력을 중산층의 생활 감각이라고 할 수는 없을까요? 정한아의 세계는 언제나 고통과 상처로 가득차 있지만, 그 저변에는 먹고 자고 생활하는 중산층의 루틴이 흐르고 있는 것 같아요. 『달의 바다』의 할아버지나 「바다와 캥거루와 낙원의 밤」의 아버지의 일상처럼요. 이들을 단순히 부정적인 인물로만 볼 수는 없지 않을까요? 그들과 관련된 언급은 대개 노동, 특히 육체노동에 대한 강렬한 맹신 같은 것으로 드러나는 경우가 많아요. 이를테면 『달의 바다』의 불판 닦기라든가, 「바다와 캥거루와 낙원의 밤」의 건물 청소 같은 것들. 이 일상화된 노동이야말로 꿈과 현실의 낙차로 상처받은 인물들을 구체적인 현실 속에 안착시키는 역할을 하는 것 같아요. 실존적 고투에 사로잡힌 존재들이 짠내 나고 허술한 이 노동들에 대한 수락과 더불어 어떻게든 살아가지 않으면 안 되는 인간사의 복잡한 속내를 마침내 수락하고 긍정하게 되는 것 같아요. 그런 의미에서 나는 정한아의 소설 속에서 발견되는 이 루틴의 힘이야말로 성숙한 정한아의 엄청난 내공이라는 생각을 했어요.

정한아 제가 삶의 모델로 삼은 사람들은 생활력이 강한 사람들이었고, 가장 대표적인 사람은 저희 할머니였어요. 저희 할아버지 할머니가 시장에서 장사를 크게 오랫동안 하셨어요.

신수정 설마 '이대갈비'? (일동 웃음)

정한아 아니요, 의류업이요. (**신수정** 아, 의류가 할아버지 할머니가 하셨던 일이어서 「마테의 맛」의 아버지도 아르헨티나에서 그 일을 하려고 했던 거구나.) 할머니는 스스로는 무섭도록 청교도적인 삶을 사셨으면서, 꿈꾸는 이들을 지지해주셨어요.

신수정 아버지의 환상을?

정한아 네. 당신의 모든 것을 걸고 아버지를 믿어주셨죠. 그래서 한편으로는 아버지가 재기하실 수 있었어요. 놀라운 사랑, 놀라운 헌신이었어요. 그럴 수 있는 경제적인 능력도 있으셨죠. 그게 어디서부터 비롯되었는가를 본다면 치가 떨릴 정도의 루틴이거든요.

신수정 그 루틴은 똑같은 시간에 똑같이 가게를 여는 감각이라고 할 수 있겠네요.

정한아 네. 그것이 자기를 지키고, 또 자기가 이 세계에 기여하는 방식인 거예요.

신수정 이 할머니의 모습은 한아씨의 소설에서 다양하게 변주되고 있는 것 같아요. 『달의 바다』의 고모를 끝까지 믿어주고 응원하는 할머니도 그렇고, 「기진의 마음」이나 「할로윈」에도 이 모습들이 드러나요. 정한아의 소설에서 할머니, 혹은 이모님으로 불리는 어떤 여성들은 정갈하고 부지런한 생활 감각으로 달구어진 엄청난 힘으로 세상과 공명하며 화자의 상처를 돌봐줘요. 어떻게 보면 이 인물들이야말로 정한아식의 모성의 변형이라고 해도 무방하지 않을까요? 어떤 일이 있어도 가게를 연다는 태도와 관련된, 그 강인한 생활력의 구현자들이라는 점에서?

정한아 할머니는 전통적 의미의 모성을 가진 분은 아니셨어요. 오히려 제 아이들을 돌봐주신 이모님이 그랬죠. 돌봄의 영역을 나 대신 메워주는 사람이라는 점에서요.

신수정 이거 재미있네요. 할머니와 이모님의 모성은 어떤 면에서는 서로 모순적인 관계라고 할 수도 있겠네요. 한편에는 일하는 엄마의 세계가 있고, 또 한편에는 육아를 전담하는 세계가 있는 거네요. 소위 작가와 엄마로 나뉘는.

정한아 네, 아이를 실제로 낳아보니까 그 두 가지 영역을 동시에 살아낸다는 게 불가능한 거예요. (웃음) 시소처럼 한쪽이 오르면 한쪽이 기울 수밖에 없는 것. 그래서 늘 실패할 수밖에 없는 것.

엄마가 글을 쓴다는 것

신수정 사실 우리가 마지막으로 이야기할 수 있는 대목이 결국 글을 쓰는 엄마, 그 모순된 두 가지 롤의 충돌에 관한 이야기가 아니겠어요. 어떤가요? 이 테마는 소설 속 인물들이 처한 곤경이자 작가 정한아의 현실이기도 할 것 같아요. 지금까지는 성공적으로 보여요. 두 가지 롤 사이에서 균형을 잘 이루어왔다고 할까.

정한아 매일 무너지는 댐 앞에 있었던 것 같아요. 막 무너지는데 여기 터지면 저기 것을 꺼내서 막고, 저기 터지면 여기 것을 꺼내서 막고. 제가 어떤 생각으로 미치지 않을 수 있었냐면, (일동 웃음) '어차피 한 치 앞도 알 수 없으니 그냥 오늘 하루를 살자'.

신수정 댐이 무너져도 오늘 하루 살아남으면 된다. 매번 오늘 하루. 비가 오나 눈이 오나 어떤 일이 있어도 작업실을 가나요, 할머니처럼?

정한아 네, 그렇죠. 작업실에 출퇴근하는 식으로 일하고 있어요.

신수정 모든 소설은 작업실에서 태어났나요?

정한아 네. 작업 시간도 정해놓고 있어요. 아침에 출근해서 점심 먹고, 오후까지 일하다가 집으로 오죠.

신수정 이게 여섯 권의 책을 낸 저력이라고 생각되진 않는지?

정한아 그런 것 같네요. 그런데 아이들이 그 루틴을 너무 파고드는데 (일동 웃음) 그래서 힘든 시간이 많았거든요. 저는 커피 한 잔을 마셔도 거기에 갔다 와야 마음이 편한데 아이들이 학교에 못 가고 유치원에 못 가고 그러면 집에 있어야 되니까요. 집에서는 일이 잘 되지 않아요. 집은 저에게 생활의 공간이고, 양육의 공간이죠.

신수정 작업실 풍경을 좀 얘기해주세요.

정한아 글쎄요, 다들 비슷하지 않나요? 책상과 의자가 제일 큰 자리를 차지하고요. 그 옆에는 이케아에서 산 안락의자가 있어요. 여기저기 책이 쌓여 있고, 설거지통에는 여러 모양의 컵들이 쌓여 있고요. 엉망진창이죠. 아! 벽에는 마거릿 애트우드의 『시녀 이야기』 포스터가 붙어 있어요.

신수정 그 포스터는 일상에서 꿈으로 이동하는 환각제인가요?

정한아 작가로서 저에게 제일 중요한 건 재미있는 얘기를 쓰는 거예요. 독자들이 책을 읽을 때 어떤 문을 열고 완전히 다른 세계로 들어갈 수 있다면 좋겠어요. 마거릿 애트우드의 작품을 읽으면 늘 그런 걸 느껴요.

신수정 재미있는 이야기에 대한 동경은 『달의 바다』에도 드러나 있더라고요. 은미가 고모한테 묻지요, 왜 할머니한테 가짜 편지 썼냐고. 고모가 이야기해요. 즐거움을 위해서라고. "만약에 우리가 원치 않는 인생을 살아갈 수밖에 없는 거라면, 그런 작은 위안도 누리지 못할 이유는 없잖니"(154쪽)라고. 이 마음은 지금도 여전히 변치 않은 모양이네요?

정한아 재미있는 소설을 읽을 때면 살아 있다는 것이 행복하죠. 저도 그런 이야기를 쓰고 싶어요.

신수정 이때의 즐거움은 원치 않는 인생을 보상하는 방식이라고 보아도 좋지 않을까요? 원치 않는 인생을 살기 때문에 즐거움이 필요한 거겠지요. 그게 거짓말이자 소설의 존재 이유이기도 할 테고요.

정한아 누구에게나 마음속의 어둠이 있으니까요. 『달의 바다』에 그런 문장이 나오잖아요. '아무리 노력해도 살아가는 것을 좋아할 수 없다'고요. 그건 20대의 저, 생생한 저의 목소리거든요. 삶의 불편감. 그것이 저를 소설가로 만들어 줬죠.

신수정 그 불편감을 어떻게 이겨냈나요?

정한아 역시 소설을 통해서죠. 작가들이 소설을 신앙처럼 얘기하는 거 정말 낯부끄러운데. (웃음) 하지만 소설이 저를 지켜줬고, 지금도 지키고 있는 것이 사실인 것 같아요. 소설을 쓰는 한, 쓰고 있는 한, 나는 괜찮다. 대체로 그렇게 생각해요.

다가오는 이야기, 『3월의 마치』

신수정 『술과 바닐라』 출간 이후 『달의 바다』도 재간했어요. 이제 어떤 이야기가 우리를 찾아올까요?

정한아 계속 고민하고 있는데요. 저는 실패한 어머니에 대해 좀더 이야기하고 싶어요. 무능한 어머니, 한심한 어머니, 어머니 같지 않은 어머니요.

신수정 그럼 딱 고몬데? 고모 이야기로 다시 돌아오는 건가요?

정한아 그럴지도요. 그때 다 하지 못한 이야기죠. 찬이가 자라면 엄마를 용서할 수 있을까요? 용서 못할 것 같거든요?

신수정 『달의 바다』에서 찬이는 엄마를 용서하고 성숙하게 자신의 삶을 받아들였죠.

정한아 네. 하지만 용서는 그렇게 쉽고 간단치 않으니까요. 그녀는 아들의 유년을 빼앗았고, 상처를 지우는 일은 그리 간단치 않거든요. 그런 부분들을 어떻게 대면하고 이겨낼 수 있을 것인가의 문제를 다루고 싶어요. 죄책감과 회한에 지지 않는 어머니, 그래도 충분히 괜찮은 어머니의 이야기요.

신수정 아, 너무 기대되네요. 『달의 바다』를 관통하며 더 넓은 현실로 나아가는 이야기. 그건 『달의 바다』의 정한아가 가장 잘할 수 있을 뿐만 아니라 정한아만이 할 수 있는 이야기라는 생각도 드네요.

정한아 실은 그 소설을 쓰다 여러 번 멈췄어요. 지난겨울에도 다시 시작했다 멈췄죠.

신수정 아, 멈추면 안 되는데. 지금 쓰려는 이야기는 굉장히 중요한 이야기라고요! 왜 멈췄을까.

정한아 아직 제 안에서 제대로 된 목소리를 찾지 못했기 때문이 아닐까 싶어요. 그 소리를 찾기만 하면, 소설은 절대로 멈추지 않고 나아가거든요. 이게 제가 하는 일의 재미있는 점이죠. 얼마나 걸릴지 모르지만, 저 역시 그 이야기를 완성할 수 있기를 바라요. 어머니로서 완전히 실패한 어떤 할머니의 이야기. 제목은 '3월의 마치March'예요.

신수정 왜 '3월의 마치'라고 붙였는지?

정한아 그 할머니 이름이 마치예요.

신수정 하하하. 너무 기대됩니다. 다가올 정한아의 장편에는 어머니와 할머니 그리고 작가로 이어지는 여성들의 역사가 작가 특유의 따뜻하고 비참한, 그러나 온기를 잃지 않는, 그럼에도 그 온기가 황폐한 현실에 대한 직시 끝에 나온 것임을 모르지 않는, 묘한 모순의 교향악으로 우리를 찾아오게 되기를 바랍니다. 마지막으로 덧붙이고 싶은 말이 있다면?

정한아 선생님이 계셔서 좋네요. (일동 웃음) 『달의 바다』가 처음 나왔을 때, 선생님께서 써주신 심사평이 오랫동안 제게 큰 힘이 되었어요. 문학 지망생들에게는 정말 그 한두 줄의 말이 전부거든요. 자신을 믿어도 된다는 승인의 말이죠. 덕분에 제가 여기까지 올 수 있었습니다.

신수정 아아, 또 이런 거짓말과 위안의 세계로 마지막을 장식하다니, 거참. (일동 웃음)

정한아 아닙니다, 선생님. (웃음)

신수정 『3월의 마치』로 다시 만나요. 긴 시간 고생이 많았습니다. 고맙습니다.

문학동네 플레이 시리즈
달의 바다

1판 1쇄 2007년 7월 31일
1판 18쇄 2021년 5월 27일
2판 1쇄 2023년 6월 16일
2판 3쇄 2024년 10월 25일

지은이 정한아
책임편집 정은진 | 편집 김수아
디자인 이보람 유현아 | 저작권 박지영 형소진 최은진 오서영
마케팅 정민호 서지화 한민아 이민경 왕지경 정경주 김수인 김혜원 김하연 김예진
브랜딩 함유지 함근아 박민재 김희숙 이송이 박다솔 조다현 정승민 배진성
제작 강신은 김동욱 이순호 | 제작처 천광인쇄사

펴낸곳 (주)문학동네 | 펴낸이 김소영
출판등록 1993년 10월 22일 제2003-000045호
주소 10881 경기도 파주시 회동길 210
전자우편 editor@munhak.com | 대표전화 031)955-8888 | 팩스 031)955-8855
문의전화 031)955-2696(마케팅) 031) 955-1906(편집)
문학동네카페 http://cafe.naver.com/mhdn
인스타그램 @munhakdongne | 트위터 @munhakdongne
북클럽문학동네 http://bookclubmunhak.com

ISBN 978-89-546-9927-3 04810